心中的明月 ···

时代出版传媒股份有限公司

安徽文艺出版社

黄永昌　著

心中的明月

Xinzhong De Mingyue

时代出版传媒股份有限公司
安徽文艺出版社

图书在版编目（ＣＩＰ）数据

心中的明月/黄永昌著. —合肥：安徽文艺出版社,2014.1（2022.7重印）
ISBN 978-7-5396-4725-8

Ⅰ. ①心… Ⅱ. ①黄… Ⅲ. ①散文集－中国－当代②
随笔－作品集－中国－当代 Ⅳ. ①I267

中国版本图书馆 CIP 数据核字(2013)第 249143 号

出 版 人：姚 巍
责任编辑：宋潇婧　王婧婧　　　　装帧设计：徐 睿
···
出版发行：安徽文艺出版社　www.awpub.com
地　　　址：合肥市翡翠路 1118 号　邮政编码：230071
营 销 部：(0551)63533889
印　　　制：山东百润本色印刷有限公司　(0635)3962683
···
开本：880×1230　1/32　印张：9.75　字数：150 千字
版次：2014 年 1 月第 1 版
印次：2022 年 7 月第 2 次印刷
定价：59.80 元
···

自序

　　我有闲心思，太闲的日子却不喜;不太闲的日子里,一日三餐,哀怨苦乐,出入相抵,也还应当包括,我早晚间写的一点闲文,所吃的辛苦。

　　曾经有两年——算来这已是十多年前的事了——我爱上了一张沙发。居室太小,两个房间,分别让与了母亲和儿子,我便在这沙发上作文、歇息。我想起幼时见过的一种植物,俗名"臭花娘娘",花粒细小,带钩刺,轻轻一碰便落满一身;其花有臭味,近似于狐臭。我不小心招惹了它,感到很倒霉,一群孩子七手八脚地帮我拍,嘴里念的句子,可是忘记了。我唤醒儿子,他也在乡下生活过,何不趁早告诉了我? 儿子瞌睡蒙眬地说:"要齐声念,臭花娘娘快点下来,臭花娘娘快点下来。"又说,"要不就喊,臭花娘娘你家着火了,快回去救火。"不错,是这样一种念法,我昔年的记忆亦被唤醒,我便将这几句话写进文中。

　　我今天想来,大约世间总还有一些事,也如"臭花娘娘"一般,其实是沾不得身的。并非一定如"臭花娘娘"般味恶,或者竟还有光耀,快意,世人皆艳羡的一面,但并不适合你做,做了之后莫明所以,进退维谷,那么何妨也如我们当年拍"臭花娘娘"那样,将它带钩刺的"花粒"悉数抖搂掉。如此一身轻松、清爽。

　　也是为了纪念那段日子,我在编这本集子时,录入了那篇《植物小语》。

我似乎有把握说,文章的闲与"忙",从来是一个美学问题(也与气度有关),与作者的闲与忙并无必然关联。闲人未必写闲文,忙人也未必写"忙文"。假使一个人,白天黑夜连轴转,只有一点点休息时间,浑身筋骨像要散了似的,自然选择倒头睡去。但若一个闲人,闲到锦衣玉食,百无聊赖,多半也不会写什么文章。有点忙,不甘心永远忙,闲心思与辛苦恣睢时时抵触着,对抗着,是可以写一点文章的。

笼统地拿闲文与"忙文"来做比较,实在也比不出好坏。写好了便是好,写坏了便是坏。诸葛亮的《出师表》,李密的《陈情表》,都是在皇帝面前的奏章,是古人的"忙文",然而并不妨碍它们成为千古名篇。网络上大量的日志、时评,是今人的"忙文",质胜于文,文胜于质,上佳之作或清通之文,我也都愿读。另一方面,陶渊明的《桃花源记》,闲得不能再闲,整个一个乌托邦,现实生活中连影子也找不着,也仍然是好文。毛主席曾于一九六二年,在《人民文学》发表《词六首》之际,答复找到这六首词的臧克家先生说,"在马背上哼成的,统忘却了",也有闲的成分。闲就是闲,戎马倥偬,诗兴来袭,马背上也可以"哼"。《诗经》与《汉乐府》里,闲文与"忙文"各有篇幅,各有好坏,好的闲文与"忙文",坏的闲文与"忙文",关键是看谁写(唱)的。

我自己,长久以来的审美偏嗜,大约也是趋"闲"避"忙"。我的一个认识,"忙文"似乎不能不有些"身外"关涉,闲文则更加属于自己——但也要写好了才能这样说。

这本集子,收入作者近年所作散文五十四篇,不好不坏,亦好亦坏,而已。闲心思犹如一只小蜜蜂,常在我耳边鸣叫,乡下的事,城里的事,忘记了忽然想起的事,久思不得其解忽然顿悟的事,常和朋友说起的事,自己偏爱的事,凡能敷衍成文字的,都呈现在这里了。《苦茶居闲文》,是我临时起的一个书名,不过是说,我好茶,沏得浓,微苦;居,住的地方,停留亦是一解,所谓变动不居,岁月不居。

我读中学时,语文老师曾课外指导我读苏轼的《记承天寺夜游》:

元丰六年十月十二日,夜,解衣欲睡,月色入户,欣然起行。念无与为乐者,遂至承天寺寻张怀民。怀民亦未寝,相与步于中庭。庭下如积水空明,水中藻荇交横,盖竹柏影也。何夜无月,何处无竹柏,但少闲人如吾两人者耳。

不足百字的篇幅,要算是我迄今为止,读到的写得最短,也最空灵的散文了。

我这位老师说,散文是写心灵和心情的。简单的一句话,令我终身受用。

唐炳良　二〇一三年二月记于南京

目　录
CONTENTS

潇洒随想

心灵撷珠

文史纵横

风景如画

生命印记

SHENGMING YINJI

宠辱不惊看花开花落

世界上最难做的事,莫过于做人。做人难,人难做,难做人。

为人处世,关系近了,好事之徒会说溜须拍马;关系远了,又会有人说孤高自傲;关系不远不近,还会有人说世故圆滑。左也不是,右也不是,不左不右也不是。到底应该怎样做?谁也说不清,谁也道不明。

年轻人,刚踏入社会,往往没有什么顾忌,任性而为,认为这样做,既不委屈自己,又符合一个时髦的词儿——"个性",于是不再畏首畏尾,不再瞻前顾后,而是慷慨激昂,指点江山,激扬文字,潇潇洒洒地活了一回,也真心体会到了什么才是率真自然。后来,经过一连串的碰壁之后,才真正明白了生活的含义。所谓生活,就是用时间来磨平你所有的棱角;所谓生活,就是要拔掉刺猬身上所有的刺,使之成为一个圆滚滚的肉球。几年之后,不经意之间,发现年轻人不再潇洒了,不再有活力了,不再年轻了,而是在渐渐变老,不是人老,而是心老。

于是,有些人便想到了"超脱"。纵观古代的圣贤,"超脱"者几乎每个朝代都有。这些"超脱"者大致有以下两种:

一种是毁灭自身,如阮籍、刘伶等人,纵情诗酒,放浪形骸。此法虽然简洁奏效,然而以牺牲自己身体乃至生命为代价,不免有违天道与人道。茫茫宇宙,不是只在我们这个小小星球上才有"灵魂"吗?猪狗蝼蚁尚且懂得爱惜自身,何况人乎?强行毁灭,实在是对自己的"犯罪"。

另一种是出家为僧为尼,即所谓"看破红尘"。此法虽不违天道,但也有违人道,硬是把精彩缤纷的世界当作"虚"、"空"、"无",不免有掩耳盗铃之嫌。

冥思苦想,猛然间想起了一副对联:"宠辱不惊,闲看庭前花开花落;去留无意,漫随天际云卷云舒。"这不正是做人的最高境界吗?想到此,不禁豁然开朗,做人何难?人生何苦?

感化的力量

感化的力量正如伟大的母爱。

一个猎人述说了自己的一个真实经历。有一次,他猎到一只海獭,当即就将它的皮剥了下来。过了一段时间后,待他再次回到原地时,发现地上有一条血痕,海獭已无踪影。于是他便沿着血痕去寻找,走到一个小洞穴处才发现,血淋淋的海獭躺在地上,身边有两只刚出生不久的小海獭,还含着妈妈早已干瘪的乳头。从那以后,猎人放下了枪,再也不打猎了。感化正如这伟大的母爱,温暖那些残忍冰冷的心,让善念在他的心里生根。

感化的力量好似一轮明月。

一位住在山中的禅师,有一天趁着夜色到林中散步,归来后发现屋里来了个小偷。禅师没有进屋,只是站在门外。等小偷出来惊愕地发现禅师站在门口时,吓得不知所措,这时禅师说道:"你走了老远的山路来探望我,总不能让你空手而回呀,夜凉了,你带上这件衣服走吧。"说着,将衣服披在小偷的身上。小偷灰溜溜地走了。第二天,禅师发现原披在小偷身上的衣服,正叠得整齐地摆放在门口。禅师道:"我终于送了他一轮明月啊!"感化的力量正如这一轮明月,照亮前方的路,指引误入歧途的人走回正道。

感化的力量就像新的生命。

有一劫犯在抢劫银行时，被警察包围，无路可退，情急之下，劫犯从人群中顺手拉过一名人质，挟持着向外突围。突然，人质发出痛苦的呻吟，劫犯勒令她别再出声。这时，众人才发现人质是一名孕妇，痛苦的呻吟声表明她在极度的惊吓下要生产了，众人哀叹孩子来得不是时候。劫犯犹豫了，经过激烈的思想斗争，劫犯举起双手，放下枪，警察将他抓住，戴上手铐的劫犯突然说道："请等一下！我是医生，孕妇已无法坚持到医院，随时会有生命危险，请相信我，让我试试吧！"众人无奈下允许了他接生。片刻之后，一声洪亮的孩子啼哭，惊动了所有在场的人，人们欢呼，不是因为啼哭声的洪亮，而是因为一个有生存权利的新生命的诞生。感化的力量正如这新的生命，在你陷入混沌之中时，令你幡然醒悟，以免犯下后悔一生的过错。

一边是良心的谴责，一边是善念的伟大，感化就如母爱，就如明月，就如新生命，拉你回来走上正确的人生路。这就是感化的力量，一种伟大的力量。

耐守真正的寂寞

寂寞是人处在孤单冷清寂静中的一种心境,也是一种让人在红尘世俗中保持一份宁静的禅意。"静以修身,俭以养德"、"宁静以致远",不是吗?

想成就大学问者,须能耐得住寂寞;能成就大作为者,必能耐得住寂寞。古人认为拥有大智慧的人,往往是寂寞的。因为他们寂寞过,所以更能够清醒准确地认识世界。而能够准确认识世界的人,大智慧离他们也就不远了。

人生最难做到的事情,是耐守真正的寂寞。在大千世界的芸芸众生中,在五彩斑斓的人生舞台上,你生活于互相牵扯、互相瓜葛的状态中,生活于互作应酬、互为利用的世俗下,倘若你能够避开世俗的干扰,守住自己的那份寂寞,那么,在寂寞中,你可以无边遐想,随意觅向,可以随意安排和打发那些属于你自己的时光。你的心灵会幻起一层轻雾,逃离尘世,向遥远的时空中飞升……

在寂寞中,人们可以审视自己的过去,检点自己的生活,净化自己的灵魂,寄托自己的思想,慰藉自己的精神,感化自己的情绪,整理我们所选择的人生。一位伟大的法国艺术家曾说过:"我有如此的作品,全因我的寂寞。"富兰克林说:"没有任何动物比蚂蚁更勤奋,然而它是默不作声的。"是的,在纷繁复杂、忙忙碌碌的社会中,不论多少白日奔波的劳累,多少曲终人散的惆怅,多少寂静夜晚的孤单,多少独对明窗的凄清,我们都需要一种寂寞,来清净一下疲惫的心灵,放松一下人生。一个人只有在寂寞时,才会更加清醒地认识自己,诠释现实,从而对生命和这个纷繁喧嚣的世界,有了全新的了解与对待。

寂寞时可以一边欣赏音乐,一边随着节拍倾出纷乱的心情,慢慢地梳理,再去品味、释然,让温馨萦绕左右;寂寞时可以让人享受一种自然的心境,让姑且尘封的心绪,寻求一份安宁和解脱,从而流去心灵的纤尘,以清澈、自然、纯洁的面孔逍遥人生;寂寞时可以让人逃避疲惫,逃避人情世故和滚滚红尘,哪怕是短暂的也很好。是啊,这种寂寞,不仅仅是大智慧者所需要的,也是我们每个凡夫俗子都需要的。

苏东坡的赏心乐事

《西厢记》中有两句唱词:"良辰美景奈何天,赏心乐事谁家院。"那么,哪些事算得上是赏心乐事呢?

《望海录·燕居笔记》中,记载了苏东坡赏心十六事:清溪浅水行舟,凉雨竹窗夜话,暑至临溪濯足,雨后登楼看山,柳荫堤畔闲行,花坞樽前微笑,隔江山寺闻钟,月下东邻吹箫,晨兴半炷明香,午倦一方藤枕,开瓮勿逢陶谢,接客不着衣冠,乞得名花盛开,飞来家禽自语,客至汲泉煎茶,抚琴听者知音。

原来,这是苏东坡总结的诸种赏心乐事。大文豪善于总结,归纳出了十六种。若是其他人总结未必都相同,未必能有如此之多,也未必能有如此雅妙。一个人的知识层次、文化素养、生活情趣和人生阅历,往往决定一个人的审美观点和思维情怀。

赏心十六事,每件事都是一幅美丽的图画。不但景物情境美,而且人在图画中。有的可以用笔墨描绘出来,如"清溪浅水行舟"——清清的溪水,水草、游鱼、水底的石子清晰可见,一叶扁舟,船家摇橹或撑篙,游人在欣赏着两岸的景致;再如"柳荫堤畔闲行"——小河的堤岸边,一排排垂柳枝繁叶茂,婀娜多姿,那长长的柳丝好像美女的长发,随风飘扬,人们悠闲地漫步在树荫下,欣赏着岸边的风景。这些景色都可以用一幅美丽的画面表现出来。但是,有的文字虽能用笔墨勾勒成画,却不能完全体现文字之义,如"凉雨竹窗夜话",什么都好画,但要画出"凉"字,却难;"隔江山寺闻钟",也只能意会而不能言传笔绘。当代国画大师齐白石的"蛙声十里出山泉"一画,虽然以随着山泉溪流中的几只蝌蚪,来暗示点题而被人叫绝,但毕竟难以表达一个"声"字。

时下,有人把"自摸八条和牌"、"灯红酒绿三陪"、"拈得野花共衾"、"通衢飙车兜风"等等当作赏心乐事。然而,与上述苏东坡的赏心乐事相比,从高雅情趣层面而言,从身心健康层面而言,孰高孰低,孰益孰害,不言自明。

无名的小花

　　沐浴着秋天的阳光，花坛里许多无名的小花开放了。有洁白的、月白的，也有紫红的、淡黄的……远远望去，一丛丛，一簇簇，万紫千红，争奇斗艳。微风吹过，这些花儿拥挤着、摇曳着，如同五彩缤纷的玛瑙在绿毯上滚动。这些不知名的小花，开在叶片细小的茎干上，朴实奔放，不矫揉造作，不虚张声势，不孤芳自赏，只是悄悄地，不引人注目地开放着。

　　每当清晨窗外传来叽叽喳喳鸟叫声的时候，我都要下楼绕着花坛转悠，看着盛开的小花，闻着微风送来的屡屡清香，顿觉神清气爽，心里产生无尽的遐想：这些花儿并不为人所知，没有人注意，但是它们却依然开放。它们不惧贫瘠的土壤和恶劣的气候，顽强地生长着，花凋谢了一茬又开一茬。它们枝干刚劲、挺拔，蓬勃向上，用自己不起眼的花朵点缀着大自然，为大地增添风采。而这一切，都是默默无闻的。

　　猛然间，我心头一亮。千千万万参加社会主义建设的普通劳动者，不正像这些无名的小花吗？他们普普通通，平平凡凡，不引人注目。但是，他们却用辛勤的双手，为人民创造着财富。

　　我爱无名的小花，但更爱那些普通的劳动者。

留给自己一段时间

每当无名的空虚悄悄地袭上心头，我就留给自己一段时间，静静地走在河边的小路上，看随风飘舞的垂柳，听小鸟叽叽喳喳地歌唱。于是，儿时的纯真便悠然而来，溢满心田，随手从地上摘一朵蒲公英，使劲一吹，所有的空虚便随风而去了。

每当失败挟着难言的苦涩涌上心头，我就留给自己一段时间，静静地独坐在幽静的树林里，看白云从头上轻轻飘过，听微风缓缓地吟唱。于是，失败的阴影便被阳光折射得无影无踪，自信和坦然重又回到我的心中。

每当胜利带着欢呼和赞誉向我压来，我就留给自己一段时间，静静地思索未来的路，勇敢地超越自我，不留恋过去的辉煌，不让一点小胜利缠住远行的步履。和昨天的辉煌说声再见，然后洒洒脱脱地走向远方。

于逆境中奋起

有人做过这样一个实验,把一只青蛙突然扔进沸水,青蛙奋力一跃,虽然身上有烫伤,但能死里逃生。过一会儿,又把一只青蛙放入温水中,悄悄加热,当它察觉到水温升高危及生命的时候,却已无力跳出锅外,只好葬身锅中。

在环境极其恶劣时,青蛙会使出全身力气奋力跃出沸水,保住性命,靠的是强烈的求生欲望。因为在死神面前,更能体会到生之可贵。这腾空一跃,可谓是青蛙毕生中最辉煌的一跃。是滚热的沸水、险恶的环境造就了一个"跳高冠军"。而当环境舒适时,它却全然放松了警惕,畅游其中,享受"温水浴",何等惬意!孰料在这平静之中却暗藏杀机,随着水温的升高,死神悄悄逼近了它,而它却再也没有了凌空一跃与死神搏击的力量和勇气,只得葬身锅底。同样是一只青蛙,在不同的环境中,行为和结果截然不同。这不恰恰证实了那句"生于忧患,死于安乐"的古话吗?

青蛙是这样,人也是如此。逆境可以磨炼人的意志,使人的潜能发挥到极致,这是早已被许多事实证实了的真理。"屈原放逐,乃赋《离骚》;左丘失明,厥有《国语》;孙子膑脚,《兵法》修列;不韦迁蜀,世传《吕览》;韩非囚秦,《说难》、《孤愤》。"司马迁遭宫刑而成史家之绝唱、无韵之《离骚》，曹雪芹举家食粥作《红楼梦》，蒲松龄贫病交加著《聊斋》，巴尔扎克流浪街头写《人间喜剧》。他们正是靠着"千磨万砺还坚劲，任尔东西南北风"的百折不挠精神，于逆境中奋起。

自古雄才多磨难，从来纨绔少伟男。后唐王李存勖为得天下，不忘其父遗志，以父三支箭激励自己，卧薪尝胆，发奋创业，攻城略池，无往不胜，可谓壮哉！然而天下已定，大功告成，国泰民安后，他却坐享升平，整日与优伶们泡在一起唱念做打，以致政事荒芜，国运日微，三年便祸乱迭起，终遭杀戮，何其哀也！舒适、安逸、奢侈……这一切会使人忘乎所以，玩物丧志，失去挑战的勇气、拼搏的胆识，就难免落得"温水煮青蛙"般可悲的下场。

"宝剑锋从磨砺出，梅花香自苦寒来"。身处逆境时，视其为"天将降大任于我"的考验，说不定又能成就几个"雄才"，干出一番大事业来；而当身处顺境时，万不可贪图安乐，不思进取，上演一出"温水煮青蛙"的悲剧。

当落幕的时候

"夕阳无限好,只是近黄昏"。李商隐深深地爱上那夕阳西下时的无限美丽,却又惋惜黑夜的即将来临。当一个人生命快走到尽头时,是否也能如夕阳,绽放他最璀璨的光辉?

也许人们只有到日落时,才会惋惜它的即将消失;也许只有到生命的尽头,才会加倍珍惜生命;也许只有到幕要落下,才会喟叹它的结束吧?人们总是珍惜最后一刻的。

如果人生是一个舞台,你不妨自比为演员。你也知道,终将会有落幕的时候,那就在落幕之前,卖力地演出吧!即使是一只垂死的天鹅,也要舞出它最美丽的姿态,赢得观众最热烈的掌声。那么,当落幕的时候,你正如夕阳,放射出最耀眼的光芒,更有余晖相映,使云彩增添娇媚。在人们敬慕的目光下,你无憾地走下人生的舞台。

一片冰心在玉壶

朋友小聚，推杯换盏，共饮美酒，自是人间美事。

当然，不同的人、不同的时间、不同的状态下，喝酒是有不同喝法的。"但使主人能醉客，不知何处是他乡"，这是"有朋自远方来，不亦乐乎"的主人待客的酒，一片冰心在玉壶，以表心意；"何以解忧，唯有杜康"，这是封建王朝的政治家曹操，看到社会动乱，民不聊生，忧国忧民，喝的解忧酒；"醉翁之意不在酒，在乎山水之间也"，这是仕途失意的文人在欣赏美景时，喝的休闲酒；"三杯两盏淡酒，怎敌它，晚来风急"，喝的是孤独的心酸酒；"人生有酒须当醉，一滴何曾到九泉"，喝的是醉生梦死的烂酒；红尘中，男女喜结良缘时喝的酒，为喜庆酒。

农民起义领袖陈胜、吴广，槌牛醑酒，揭竿而起；《红灯记》中的李玉和服刑前唱道："临行喝妈一碗酒，浑身是胆雄赳赳。"这些喝的都是壮胆酒。"今日痛饮庆功酒，壮志未酬誓不休"，这是英雄人物喝的庆功酒。至于古代封建帝王赐酒给自己的臣民喝，则称之为喝御酒。如果有谁喝了御酒，不是死，即是荣。

酒，它缠绵如梦萦，狠毒如恶魔，柔软似锦缎，锋利似钢刀。酒能使人超凡脱俗、才华横溢，也能使人放荡不羁、肆行无忌。酒可以使人忘却人间的痛苦和忧愁，让人在自由的时空中尽情飞翔，也能叫人沉沦堕落,把人醉得原形毕露。

　　我们在日常生活中,亲人相聚,朋友相聚,同志相聚,共同举杯,喝点美酒,这是常见的事,我们应当提倡文明喝酒,弘扬酒文化。我们为什么不能好好喝酒,文明喝酒,而非要喝贪酒、烂酒、赌酒、醉酒? 为什么不能讲点品位,有点情趣,享享酒的福,把中华几千年的酒文化发扬光大,让酒能够物尽其用呢!

一条小溪

　　一条小溪，涓涓而流。它清澈见底，从山的那边绕山而过，蜿蜒曲折，时缓时急，最后冲下山坡，一路唱着欢快的歌。可是，就在前方，小溪受到一块巨大岩石的阻挡。

　　然而，小溪并没有退却，而是奋力猛烈地撞击岩石，尽管每一次都被撞得粉身碎骨。一次，两次……岩石纹丝不动，被击碎的溪水只得绕石而过，而紧接而来的溪水，依然冲向岩石。小溪似是徒劳，可你仔细看看那块岩石便会发现，它被溪水磨去了一层壳。

　　人生，不也是这样吗？如果说生命是一个过程，那么这路途上所遇到的一切艰难险阻，不正是挡路的岩石吗？生活不可能事事如意，一帆风顺，只有执着努力才不会有太多的失意。暴雨袭来，泰然自若，是英雄本色，而朝着预定的目标，奋勇前进，则更显勇士风度。

　　人生，就像溪流，不遇着岩石，难以激起美丽的浪花。

昨天、今天和明天

时间是一个非常耐人寻味的词。其中"时"是把"日子"按"寸"算，意思是我们要珍惜每一寸光阴；"间"是从"门"缝里挤出来的"日子"，意思是我们要做好时间的统筹，做好时间的管理。

生命都是一场运算，我们每个人穷其一生都在做着两道算术题，一道是时间的减法，另一道则是年龄的加法。毛泽东在年轻的时候，就把人的一生分为三天：昨天、今天、明天。这样的划分渗透了伟人的智慧，但也让我们每个人感到人的一生是何其短暂啊，真有点不寒而栗。

究竟如何处理好这"三天"的关系呢？我们不妨再回到古人的造字法上来，大家可以仔细观察"昨"、"今"、"明"三个字，其中"昨"和"明"都是"日"字旁，只有"今"不是"日"字旁，为什么呢？我的理解是这样的：昨天，我们已经把"日子"收获在囊中，明天，"日子"还长在时光的树杈上。对于时间，"昨天"是那样的成竹在胸，"明天"是那样的希望无限，只有"今天"说：我已经有日子了！

"今天"好像是一位挑夫，他前后挑起两个篮子，前面那个篮子里放着"明天"，后面那个篮子里放着"昨天"，"今天"这样一位时光的挑夫且歌且行，于是明天逐渐变成了今天，而今天又逐渐变成了昨天……在时光的新陈代谢里，今天承前启后，肩膀挑起了历史和未来。

生命印记

"今天"这位挑夫在大步前行的时候,如果眼睛光盯着后面的篮子,肯定走不好前面的路。一个人总是沉浸在过去的掌声和荣耀里,那么,再辉煌的宫殿,注定也只能沦为短命的王朝。因为,太关注"昨天",肯定就要葬送"明天"。但是,如果"今天"太关注"明天",不能把握好"今天",不能走好脚下的路,那么,理想也只能变成空想。所以,最重要的是脚踏实地,走好脚下的每一步路。

不知是不是巧合,"今"与"金"谐音,而且都是"人"字头,好像在告诫我们每一个人,别等了,赶快行动起来,"今天"就是金子!所以,哲人说:"昨天就像使用过的支票,明天则像未发行的债券,只有今天是现金。"对于学习,对于工作,对于事业,对于亲情,对于友情,对于爱情,对于人间一切,"今天"就是金子,机不可失,失不再来,让我们好好把握今天吧!

让心灵宁静下来

宁静,是一种意境,是一种只可意会、无法言传的心情。

宁静,是无风无雨的蓝色湖面,湖里倒映着蓝天、白云,还有岸边婀娜多姿的垂柳;宁静是如血的残阳铺在半边瑟瑟半边红的江水中,是"明月松间照,清泉石上流"的空寂之境,是"大漠孤烟直,长河落日圆"的空旷之境。

诸葛亮云:"非淡泊无以明志,非宁静无以致远。"当你徘徊彷徨的时候,当你痛苦失落的时候,当你心灰意冷的时候,望一望深蓝的夜空中闪烁的寒星,望一望在晚霞中归航的帆船,望一望清风中摇曳的竹林,你的心便会宁静下来。你,便会忘却所有的得失成败。

真的,朋友,学着让你的心灵宁静下来吧!宁静的意境中,你的真我,便会重新回到你的身上。

宁静,是人生美丽的风景。

原生态的生活

近年来,在饮食上倡导一种"原生态"——回归自然,简约,保持食物的原汁原味。有很多人开始自觉不自觉地崇尚起这种"原生态"来,能生吃的绝不弄熟,能水煮的绝不油炸,能不加调料的一定不放调料,这就使我们有机会接近食物的本来面目,捕捉到食物的原汁原味。

我们也可以将"原生态"作为人们的一种生活方式加以推广,力求返璞归真,简单自然。当社会物欲横流,以追求高规格的物质生活为时尚的时候;当一些人利欲熏心,以升官发财为人生目标的时候;当伪装流行,人们戴着面具、掩饰内心以求自保的时候;当一些人良知丧失,假冒伪劣产品甚至有毒产品充斥市场的时候,追求一种不加修饰、不带功利、原汁原味的简约生活,不也是一种超脱与升华吗?

箪食瓢饮享其乐,萝卜白菜保平安。我们应尽量减少对物质的需求和依赖,享受"原生态"生活带来的简单乐趣;尽量避开风尘俗事功名利禄的搅扰与羁绊,用平静的心态给自己留出更广阔的空间;尽量避开浓厚脂粉的包裹与描绘,素面朝天,本色示人,用纯洁的微笑和坦诚的目光,来显示自己的美丽;尽量保持人之初的真性情,不伪装不设防,用坦荡的胸怀对待他人的飞短流长,用平和的态度对待尔虞我诈,学会取舍,做一个纯粹的"原生态"的人。

"原生态"生活,不是清心寡欲的苦行僧生活,也不是乏味无聊的悲观主义生活,而是物质富足后的一种生活态度,是超脱者对人生的体验,是智者的一种生活智慧。如同逃脱了调料与烹饪的原味食物,可以给人带来意外的惊喜。人只有从浓厚浮华的物质氛围中超脱出来,只有从名利纷争的风尘中跳出来,心静如水,才能体味繁华背后的另一种情趣,才能感受返璞归真、回归自然后的另一种滋味。

不停地走

时光用忙碌拒绝蹉跎,让拼搏夺取成功;季节用繁茂拒绝洪荒,让耕耘盛纳收获。

面对诸多赏心悦目的诱惑,你应当不屑一顾,执着于理想的梦,欣然向着前面的路,不停地走,不懈地奋斗。

时间不停地走,生命不停地走,你也要不停地走……

如果有挫折迎面击来,不要惊慌,不要畏缩;如果有失败接踵而至,不要灰心,不要苦恼。挺直坚强的脊背,战胜一切艰难困苦,走出失败的阴影,走出失误的陷阱,练一身铁骨,造一双慧眼,踏出一条通往成功的路,走成一个铁骨铮铮的大写的人。

不停地走,酝酿生活辉煌的时刻;不停地走,缔造生命绚烂的日子。

汗珠与露珠

有这样一则寓言:露珠轻蔑地对汗珠说:"咱俩都是水珠,却截然不同,我洁白无瑕,晶莹闪烁,而你,我不必明说,你也应自知羞愧的。"

"咱俩有个明显的区别,"汗珠并不内疚,坦然地说,"你迎着太阳溜走了,而我却迎着太阳诞生了。"

露珠哑口无言。

现实生活中有"露珠型"的人,也有"汗珠型"的人。

"露珠型"者,哗众取宠,无所事事,不学无术,虚掷光阴,在包装自己、炫耀自己的时候,失去了创造生活、创造明天的机会,当他们垂垂老去,回首往事时,他们心中更多的是空白,是无奈,是悔恨。

"汗珠型"者,忙忙碌碌,辛辛苦苦,平淡朴素的外表下,永远跳动着一颗火热上进的心,永远在不停地劳动和创造,他们从不满足已有的辉煌,而是把目光投向更远的方向,在人生征途中,洒着汗雨,播着希望,等到日暮残年时,他们会感到自己真正"不白活一回"。

在生活中我们不要羡慕"露珠"的华美、亮丽,而要崇尚"汗珠"的内在美丽,多流辛勤的汗水,做一个朴实无华的"汗珠型"的人。

北极熊捕鲸的启示

一只饥饿的北极熊,在冰天雪地里寻找食物。它的嗅觉非常灵敏,能嗅到两公里以外的生命气息。它寻着气味来到一处冰眼附近,看到有几条五米长的白鲸,游动着,翻滚着,这儿是白鲸呼吸换气的地方。白鲸见到不速之客到来,纷纷下潜逃走了。聪明的北极熊蹲在一旁静静地等待,它知道过不了多久白鲸还要浮上来换气。

果然,半个小时以后,那些白鲸又露出了头。北极熊果断地跳入水中,用利爪猛击一条白鲸的背部,把它的背部抓了一道大口子。片刻间,受到惊吓的白鲸又潜入了水底。北极熊还是耐心蹲在一旁静静地等待。过了一会儿,白鲸又游回来了,北极熊又跳入水中,无视别的白鲸的存在,只盯着那只受伤的白鲸,用尖牙和利爪再次攻击它的伤口,把伤口又抓得大了一些。受惊吓的白鲸再次潜入水底,北极熊再次耐心等待,白鲸出现以后,北极熊又下水进攻。如此反复进攻四五次以后,那只受攻击的白鲸再无逃生之力,漂浮在冰层下的水面。北极熊咬着白鲸的尾巴把它拖到岸上,开始享用自己的美味佳肴。

奇迹就是这样产生的。执着的北极熊专注地攻击一条白鲸,并且数次只进攻同一个受伤的部位,最终捕到了体重是自己两倍的猎物。

北极熊捕鲸给我们的启示是:凡事要想取得成功,首先要确定一个目标,然后瞄准这个目标,要有北极熊的执着精神,专心致志,一心一意,坚持不懈,不要三心二意,半途而废。

　　大唐时代的玄奘,乘危远行,策杖孤征,克服途中千难万险,穿越一百多个国家,心怀"宁可西行求死,绝不东还求生"的信念,专注一个目标,执着追求,持之以恒,最终到达印度,取经返回大唐。从此,让更多人在佛经中虔诚洗涤自我的灵魂。玄奘就是凭借心中的信念和目标,凭借执着和专注的精神,到达了心中的圣地。

　　执着和专注是一种精神,也是一种力量,成功的人往往就是瞄准一个目标,并且执着追求,坚持不懈的人。很多人之所以失败,就是缺少了北极熊捕鲸的那种执着和专注的精神。

生
命
印
记

飞蛾的悲壮之美

一只飞蛾飞进我的房间,扇动着灰白色的翅膀在台灯上转了几圈,猛地一下扑向那团最耀眼的光亮,噗的一声在滚烫的灯泡上烧焦了,冒出一股带着臭味的烟雾。最后它掉落到桌子上,翅膀还扇了几下,终于再也不动了。

这时,我低下头去瞧这不速之客。它并不是很大,只有小指的指甲盖般大小,深灰的翅膀,头上晃着两条弯而长的触须,那就是让人们感动、赞颂了千百年的动人的蛾眉。飞蛾确实很愚蠢,飞蛾扑火岂不是自取灭亡吗?

奇怪的是,生活在夜间的飞蛾,却总是追逐光亮。只要在漆黑之中见到一丝光,它就会奋不顾身地扑过去,虽然碰到光明的那一刻,它面对的将是毁灭。但千百年来,飞蛾一直如此,仿佛永不改变,表现出一种伟大的精神。

我由此想起了神话故事中的"夸父追日"和"精卫填海",还有现实生活里那些落难的英雄,他们为了自己的信念,不断地挣扎、奋斗,即使毫无结果也绝不放弃。就像飞蛾扑火,总带着几分执着,也伴着几分愚昧,但更多的,则是一种悲壮而惊心动魄的美。

勤劳的蜜蜂

在风和日丽、春暖花开的日子里,你常可以在一簇簇、一丛丛美丽的花儿间寻到蜜蜂的踪影,它们一面用翅膀唱出欢快的歌曲,一面在花间盘旋寻觅,采集花粉,吸取花蜜。如果途中遇雨,蜜蜂们就是边飞边爬,也要坚持将采得的花蜜送回"家"中。

蜜蜂白天在野外采蜜,夜晚还要酿蜜。为了风干蜜汁,工蜂们需长时间不停地扇动翅膀,直到酿出甘美的蜜来。这真可谓是"蜜不精良誓不休"呵!蜜蜂酿的蜜多,吃的可有限,多余的蜜,它们都无条件地献给了人类。在炎热的夏季,工蜂们匍匐在蜂巢边,振翅扇风,为每一个睡在摇篮中的幼虫送去凉意。每当遇到"敌人"侵袭,它们又奋不顾身地把针刺到"敌人"身上。

这就是蜜蜂,一个极渺小、极普通,然而却又是极高尚、极不平凡的昆虫。它不像蝴蝶那样美丽多姿,但它勤劳、勇敢、无私、顽强。它们对人无所求,给人们的却是极好的东西。它们辛勤地劳作着,默默地为人类酿造最甘最美的生活。当你看到这可爱的小生灵在花间采蜜时,难道你只认为它是只普通的昆虫?难道你就没有想到它至少象征了辛勤哺育我们成长并保护着我们的父兄们吗?难道你就不更远些想到这小小的蜜蜂,宛然象征了中华民族的勤劳、勇敢、无私和顽强的高尚品质吗?

　　蜜蜂是极普通的,然而绝不是平凡的,在人们心目中,这小小的昆虫是勤劳、勇敢、无私和顽强的化身。我喜爱蜜蜂,赞美蜜蜂的高贵品质,我更愿意自己像蜜蜂那样,在知识的大花园中穿行,去博采知识的花粉,酿成知识的蜂蜜。

秋叶和秋雨

一场秋雨一场凉。受尽酷暑的煎熬,秋风挟着秋雨来了。大片小片的秋叶,湿漉漉地悬挂在树枝上,正被秋雨洗去最后一丝绿意,由黄变橙,由橙变红,经历了色彩斑斓,达到了如火如荼,最后潇潇洒洒地和着秋风秋雨共舞,无怨无悔地"化作春泥更护花"。

夜晚,你已经关紧了门窗,但依稀能听到秋雨秋叶的声音。它们仿佛在地面上、窗户上、房顶上打着节拍奏乐,不紧不慢,从从容容,滴滴答答,低吟浅唱。卧在床上,静听秋雨和秋叶的声音,虽有诗一般的浪漫,却又让人们生起无端的惆怅,那往事,早已晒干,锁在心底,却在滴滴答答的低吟浅唱中,鲜活地浮上了心头……

羡秋叶,流尽了汗水,贡献了青春,装满了丰收,完成了人间的使命,又欢天喜地开始了第二青春,你看她高兴得满脸通红。

慕秋叶,记录着历史,回忆着温暖,展望着前程,默默地离开母体,和秋雨一起,化作春泥,去做未来的梦。

想人生,也有"秋叶期":失败挫折,生死离别。此时,就应以大树为榜样,在树叶飘落,树枝光秃之后,重新萌发新绿,焕发生机;也要像秋叶一样,不去计较生命的得失,尽情地享受生命的过程,走了一程又一程。

黑夜静悄悄

黑夜静悄悄地走来,大地上的一切东西,渐渐失去了轮廓、光影和色彩,失去了明显区别。就是父母要寻找自己的小儿女,都得依靠声音来呼唤。

然而,在特殊情况下,夜还是开辟了另一些美的新境界。

在海上航行的海员,碰见月黑星沉、浪急风高之夜,四面都是漆黑无光的茫茫大海,在闪眼间蓦然看见水平线上露出了整齐排列着的一长串的明朗的珠灯,这时人们会怀疑那地方究竟是人间还是天上?

在农村中的静夜,整个村子鸡犬无声,微白的月色混合着微白的雾。这时不仅是人,就连整个山村都沉浸在睡眠深处。只有山涧中的泉水,叮叮咚咚,在独自奏着美妙的催眠曲。我曾经见过一位画家的一幅《月夜山村》,他把此时山村中静穆无声的美丽夜景都画出来了。

在都市的夜晚,整个空间都弥漫在红色的雾围之中。我常幻想着,在这雾围中往来着、游晃着多少人的梦啊!这里是梦之海吧!有关于人类未来的理想者之梦,有发着光芒的胜利者之梦,有忧愁和伤心的梦,有悲哀断肠的梦,有老年人回想往事的梦,有年轻人遥想未来的梦,有怀念久居远地亲人的梦,有孩子幻想天国的童话般的梦……

水的追求

　　任何一颗水珠,从它诞生的那一刻起,就拥有一个不变的追求——奔向大海。山泉叮咚,溪流潺潺,小河舒缓,大河激昂……水啊,在不同的地点用不同的方式,高歌着同一个追求——奔向大海!

　　奔流,向着同一个目标,永不退缩!雅鲁藏布江冲出高山峡谷,从青藏高原奔涌而下,投入印度洋的怀抱;黄河从世界屋脊起步,九曲十八弯,一路向东奔流,终于汇入渤海。大河如此,小河也不例外,那庐山之上的三叠瀑布,便是为了目标,不惜粉身碎骨的写照,那小石潭边斗折蛇行、明灭可见的小溪,在乱石丛中顽强地寻找出路……

　　夜以继日,向着目标,正是这个永远的追求,水才创造了无数的奇迹:声势浩大的钱塘潮,雄奇壮光的尼亚加拉大瀑布,惊心动魄的雅鲁藏布江大峡谷的急流……在水流的长期作用下,产生了鹅卵石、雨花石、钟乳石,水流的长期冲刷,曾经使黄河入海河道数次改道,使长江口的崇明岛数次位移。

　　历史长河之中,又有多少具有"水的精神"的人们在不倦地追求,没有任何困难能迫使他们退却。炸药大王诺贝尔,在前进的每一步路上,都与爆炸和鲜血为伴;镭的母亲居里夫人,从数十吨的原料中,提取出一克金属镭;两弹元勋邓稼先,在算盘上完成了外国科学家在计算机上

生命印记

完成的计算,为共和国的原子弹和氢弹的研制,做出了巨大的贡献……这就是人生的水一般的追求。

青春无悔,人生无悔,让追求充满生活中的每分每秒,让生命激发出灿烂的浪花!

面对风雨

世上没有绝对平坦的路,也没有一帆风顺的人生。人生路漫漫,不可能没有风雨。

如果你想成为一棵参天大树,那你就站在山的高处,迎接所有的风雨,让你的躯干经历风雨的磨砺。

如果你想成为一个勇敢的弄潮儿,那你就大胆地启动远航的小舟,勇敢地去迎接惊涛骇浪,领悟生命的含义。

生活中不光有风和日丽,亦有凄风苦雨。面对风雨,我们要坚信:黑暗过后是黎明,寒冬过后是阳春。用你年轻的激情,点燃勇气的火把,去迎接生活的挑战。

是强者,面对风雨,毫不畏惧,沉着应战;是弱者,面对风雨,畏畏缩缩,不再进取。

对于强者,生活的风雨是机遇,孕育着成功的希望;对于弱者,生活的风雨是灾难,是失败的征兆。

面对风雨,我们要挺起脊梁,做一个强者。只要心中执着依旧,前进的脚步不止,那么,风会因为你变得柔和,雨会因你变得飘逸。

风雨过后是灿烂的晴空。

落选春笋长成材

　　每年开春时节,山上的春笋都争先恐后地破土而出。人们会不失时机地上山去采春笋。那些又嫩又粗的笋被人们挑选出来,最终成为餐桌上的美味佳肴。而那些又细又小的笋,却落选了。正是这些落选的春笋,挺起身子承受阳光雨露,吮吸大地丰富的营养,经受寒霜冰雪的考验,茁壮成长,最终长成为修长笔直、枝繁叶茂的翠竹。

　　这件事给了我们一个启示:落选的春笋,照样能够成材。由此我想到每年高考以后的落榜生。

　　望子成龙,望女成凤,本无可厚非。希望孩子成才,是父母亲的共同愿望。但是,美好的愿望只能靠孩子自己来实现,做家长的不能不考虑孩子的实际情况,在学习上向孩子提出不切实际的要求,让孩子承受巨大的压力。作为高考,淘汰一部分人总是难免的。再说,考场气氛紧张,有的孩子临场发挥不好,一些平时成绩较好的学生出现了失误,也是可以理解的。所以,孩子高考落榜时,家长不应过分地责备孩子,以免孩子失去自信,而应及时地安慰孩子,鼓励孩子继续努力,这样对他们今后的成长是十分有利的。

　　当然,落榜是一件憾事,但它并不意味着一个人不能成才。落选的细小的春笋不是照样可以长成材吗?宋朝大文学家苏东坡的父亲苏洵,二十七岁发奋为学,开始连考几次都落榜了,但他并不泄气,学习更加刻苦,后来成为著名的唐宋八大家之一。大家熟悉的张广厚,在考中学时,因为数学不及格而落选,但他发奋学习,迎头赶上,终于成为我国著名的数学家。假如你的孩子高考落榜了,最重要的是要让他们树立自信心,对未来充满希望,千万不要自卑、失望。

我国著名的数学家华罗庚有诗云:"埋头苦干是第一,白发方知智叟呆。勤能补拙是良训,一分辛苦一分才。"榜上无名,脚下有路,只要孩子用心学习,持之以恒,就一定能够成为国家的有用之才。

莫要坐等机遇

　　不要一味默诵着"千里马常有，伯乐不常有"而孤芳自赏，事实上我们更需要的是用自己的行动和能力，去证明自己的独特和不凡。有的人认为自己是千里马，却不去证明自己，而是悠然自得地行走于挨挨挤挤的马群里。很可能伯乐这时候就站在你的身侧，却看不出你有千里马的丝毫特征。这时候你唯一能做的，就是不顾一切地跑到马群之前去，借此吸引伯乐的目光。

　　我们所处的时代不允许你坐等机遇，就像雄鹰的劲翅并不是天生的一样，那双能够负载天风的翅膀，是在狂风和暴雨中苦练出来的。一味地坐等机遇，结果只能是在等待中痛失机遇。

　　太阳从地平线升起，小草掀翻石子探出头来，藤本植物缠绕树干攀援到大树的顶端，都是为了展示生命，证明自己。是的，每个人都应该用行动和能力来证明自己，直到有一天我们自己也能够邀一方风雨傲视星辰为止。

失去之后的拥有

失去了温暖的阳光,你会拥有满天的繁星;失去了温柔的飘雪,你会拥有明媚的春光;失去了幸福的生活,你会拥有伟大的理想。

拥有本来就在失去中获得。

若没有落第的惆怅,又哪来名垂千古的《枫桥夜泊》,落榜成全了张继;若没有报国无门的痛楚,又哪来万古流芳的《离骚》,忧愁成就了屈原;若没有怀才不遇的悲情,又哪来五柳先生闲适的田园生活和淡然的心境,悲伤造就了陶渊明。

不要害怕失去,失去本身就是一种获得。就像这句话所说,上帝为你关上一扇门,同时也会为你开启一扇窗。

"人生自古谁无死? 留取丹心照汗青",是文天祥失去了国家而显现的崇高;"长风破浪会有时,直挂云帆济沧海",是李白经历了世事变迁后获得的升华;"安得广厦千万间,大庇天下寒士俱欢颜",是杜甫失去了安定的生活后获得的广阔胸襟。

拥有的真谛在于发现和珍惜。首先我们要善于发现。发现你拥有明亮的眼睛,可以看见世界上的微笑;发现你拥有健康的身体,可以享受人生的快乐;发现你拥有快乐的心情,可以笑着面对困难,开心地度过每一天。更重要的是我们要懂得珍惜。萍水相逢善意的一笑,可以是你拥有的最美丽的感动;面对朝阳而充满希望的心情,可以是你拥有的最真的快乐;一句关心的问候,一个会意的眼神,都是给你的最平凡的温暖,都是值得你永远珍藏心间的拥有。

　　哲人说:最大的幸福不在于有我所爱,而在于爱我所有。学会发现,学会珍惜。失去的已经回不来了,好好地欣赏眼前的美景吧! 因为如果错过太阳时,你心灰意冷了,你流泪了,你不关注眼前的风景了,那么你也要错过月亮和星星了。

　　珍惜你当下所拥有的一切,让我们一起为拥有放声歌唱吧!

太阳每天都是新的

在生命的路途上，也许处处是荆棘、险滩、暗礁、困境、艰难、挫折……今天的计划与未来的现实并非都是如行云流水般地顺畅，而是时而山重水复，时而柳暗花明的漫漫长途。

然而，太阳每天都是新的。

黑夜与白天的交替，诞生了日出的辉煌；失败与成功的交错，蕴藏着人生的真谛。当我睁开双眼，迎接又一个初升的旭日，人生便拥有了一个新的起点。清理掉昨日的沮丧与失望，点燃心中的激情与渴望，走上新的道路，重塑一个完善的自我。

太阳每天都是新的。它升腾，再升腾，新生，消失，再新生，不断地告诉世界：每一个黑夜之后都是一个新的白昼。

太阳每天都是新的，新的太阳下每天都有一个新的自我……

难得让人忌妒

忌妒是一种自卑的反弹，是一种弱者的无奈。其实，人的悲哀并不在于被人忌妒，而在于谁也不把自己放在眼里。

凡被别人忌妒者，必有让人妒羡之长，也就是你必定有过人之处，已经崭露头角。

有些人步入社会，或一直默默无闻，或总是让人瞧不起，经过多年的卧薪尝胆而崭露头角之后，却又因遭受旁人的忌妒而苦恼消沉。其实，由让人瞧不起到引起别人的忌妒，可以说是一个了不起的进步，一个了不起的跨越，大可不必为此而烦恼，反而应为此而感到骄傲，为此而感到庆幸。这说明自己已经不是一个可有可无、无足轻重的人了。

在日常的生活或工作中，在人生的旅途中，可能因你比别人靓丽而让人黯然失色，可能因你比别人能干而让人自叹不如，可能因你比别人顺利而让人眼红愤怒，可能因你比别人滋润而让人自惭形秽……总之，与别人相比，你已经具备胜人一筹、顺人几分、靓人几成的优势，应有自得自慰之信心、自奋自励之壮志，大可不必为那些小肚鸡肠之人自乱方寸。假如一个人一生都没有引起他人的关注或忌妒，那才是人生的一大悲哀。

难得让人忌妒。你若被别人忌妒，这当是你的自信之源、进步之阶、成功之梯,只要你心无旁骛,好好把握,乘势而为,便能积小步兴大业。千万不要让忌妒者打垮自己,而要让忌妒之火来锻造你,使你变得更加坚毅;让忌妒之雨来滋润你,使你变得更加丰腴;让忌妒之风来推动你,使你更快走向成功。

聪明反被聪明误

俗语云："小孩惯不得，谎话讲不得，庄稼荒不得，聪明装不得。"

聪明为什么不能装呢？一方面，聪明是智力达到的一种高度，智力不够，装是装不出来的；另一方面，硬装出来的聪明，比愚蠢更显得愚蠢。

聪明的前面常常被人加个"小"字，合起来就叫小聪明。小聪明其实已经不是聪明了，人们说到小聪明时那种鄙夷的神态，分明已经把它视为愚蠢的一种。小聪明与聪明的区别大致可以罗列如下：小聪明张牙舞爪，聪明优雅娴静；小聪明咄咄逼人，聪明与人为善；小聪明处处争锋，聪明退一步海阔天空；小聪明炫耀如水上的泡沫，聪明沉静如瀑布下的深潭……

"聪明反被聪明误"，往往是因为聪明被用过头了。"被聪明误"了的典型有两个：一个是王熙凤，一个是杨修。王熙凤是机关算尽太聪明，反误了卿卿性命。她贪欲太盛，城府太深，算计太多，最后算来算去算掉了自己。杨修是个性情率真的人，一派天真烂漫，领导面前锋芒毕露，结果遭了嫉恨。前者是个性的悲剧，后者更多的是体制的悲剧，社会的悲剧。

"聪明一世，糊涂一时"的事情常有，聪明一世的人为何会糊涂一时,却很少有人去思考原因。让聪明人一时糊涂的原因有很多,比如贪欲,比如虚荣,比如冲动,比如嗜好,比如嫉恨……聪明人不警惕自己身上的这种种因素,难免会一时糊涂,甚至时时糊涂。

聪明如果用来谋取不正当的私利,通常就叫作狡猾。狐狸用恭维话从乌鸦嘴里骗肉吃,就成了狡猾的标本。聪明倘若还被用来损人利己,那就成了老奸巨猾了。

聪明用在邪路,愈聪明愈荒谬;聪明用来害人,愈聪明愈罪恶。因此,真正的聪明,当有十分的真,十分的善,这样才能有十分的美。

生命印记

七十古稀,再续人生

人到七十,"老年人优待证"的颜色由蓝变红,表明人生又上了一个新平台。人生的滋味都尝过了,余下的时光,都是上天付给生命的利息,每一天都是有赢无输的日子,每一天都是盈余。

人生七十,淡泊宁静,保持最佳心境。人老了,已无力再与年轻人一争高下。要欲望淡出,不为名所迷,不为利所惑。安稳过日子,切忌瞎折腾,做到不赶热闹、不贪便宜、不惹是非、不生闲气。淡泊心情,宁静思考。平和、宁静、平淡地活着,不浓不烈,不浮不躁,不喜不忧,从容品味人生。

人生七十,喜爱怀念过去,怀旧之情更浓郁。回忆故乡故人,回忆往事往情,回忆生命中最值得回味的一段时光,里面有美好的人和事,有生动的情节,有美丽的场景,有喜悦的心情,更有生命的灵光,感觉如同是在美梦中一样,让自己沉浸在美好幸福的回忆之中。

人生七十,已到了"任头生白发,放眼望青山"的年纪,正可利用身处闲境的机会,游山玩水,乐山乐水。江上春风,山间烟云,崖上飞瀑,松间明月,我们何不尽情享用? 让自己优雅地老去,总比拼命要留住那些留不住的东西要明智吧?

人生七十,丰富自己的生活,让生活更有情趣。要善于从生活中发现美,感受美,欣赏美,创造美。比如唱歌、跳舞、写字、画画、读书、看报、听音乐、赏风景、种花草、养宠物,等等,使晚年有高雅的情怀、多彩的追求、丰富的情趣、充实的生活,既可陶冶性情,也可驱散寂寞,尽情享受生活的快乐。

人生七十,与时俱进,发挥余热。一个不甘落后于时代的老人,不故步自封,不惯性思维,谦逊好学,与时代同步,不断地提高自己、完善自己,并且运用自己的学识或者技能,发挥余热,为社会多做点工作,为社会多做点贡献,让自己的人生更精彩、更辉煌。

七十古稀,再续人生。无工作之劳形,练养其身;无功利之攀比,怡养其心。淡忘功名利禄,珍惜晚年光阴。调适心态,坦然应对暮年;爱好广泛,轻松过好每天。无心灵之荒漠,有奉献之精神。休叹黄昏近,且喜霞光映晚景。欢度天年,是为乐矣!

生命印记

突破年龄

有人调查了100位世界名人的成功经历，发现一个奇怪的现象，他们的成功经历并非按照一般的成功模式进行，也不是主要集中在精力旺盛的某个年龄段。在成功者的眼里，年龄并不能左右他们。

莫扎特3岁已能弹奏古典钢琴，并能记住只听过一遍的乐段。

肖邦在7岁的时候，创造了G小调菠萝乃兹舞曲。

爱迪生10岁那年，在父亲的地下室建立了一个实验室，开始了世界上最伟大的发明。

奥斯汀在21岁的时候，出版了享誉世界的巨著《傲慢与偏见》。

福特在50岁那年，采用了"流水装配线"，实现了汽车大规模生产，使汽车售价大幅下降，开始在全世界普及。

丘吉尔在81岁的时候，从首相位置上告退，开始学画，并成功向世人展示了自己的作品。

爵士音乐钢琴家、作曲家尤比·布莱克，100岁时举办了自己的专场音乐会。

成功对于一个人来说，并没有时间的限制，处于各种年龄段的人，都可以大有作为。关键在于一个人的心态，如果心死了，那么一切都远去了。

老人的两种活法

有两位退休老人，有两种不同的活法，造就了两种不同的命运。

一位老人退休后，舍不得吃，舍不得穿，天天在外打工。为了什么呢？为了给大儿子买套像样的住房，为了给小儿子办体面的婚事，为了给孙子存一笔上大学的学费……每天干活十几个小时，虽然年老体力不支，但他仍然撑着，日复一日，早出晚归。老人累出了一身毛病，后因心肌梗塞晕倒了，抢救过来以后，爬起来还干。终于有一天，他倒在打工的路上，再也没有起来。老伴一伤心，不久也跟去了。留下了一套住房和十几万元的存款，同时也留下了儿孙们对簿公堂的闹剧。

另一位老人，也有两个儿子。大儿子技校毕业，参加了工作，娶妻生子成了家；小儿子大学毕业，走进了社会。老人把两个儿子找来，对他们说，你们都能自立了，我们也老了。你们知道，买房子要几十万，你们的孩子上学一个人也要十来万。这些我们是没有能力帮你们的，我们养老金只够我和你妈吃喝花销，有点存款也只能留着，以防万一。因此，今后你们的事自己做主解决。此后两个儿子发奋图强，大儿子边工作边读书，取得了本科学历，成为企业的一名工程师；小儿子边打工边攻读硕士学位，不久应聘进入一家外资企业，年薪近十万。老两口或牵手漫步于林荫大道，或相拥着徘徊于广场，或双双垂钓于荷塘，或一起

生命印记

旅游于名山大川……越活越年轻,越活越有滋味,过着高质量的生活。

两位老人,两种活法,两种结局,对人颇有启发。一个是"人生不满百,常怀千岁忧",看不清世事,悟不透人生。忧今天,忧明天,忧儿子,忧孙子……最后只有带着忧愁过早地离开人世,留下一个忧愁的家。一个是"儿孙自有儿孙福,莫要过多忧儿孙",该吃就吃,该玩就玩,该消费就消费,让儿孙自立自强,日子过得甜甜蜜蜜,有福有寿。

作为退休后的老人,为了自己的健康和家庭,应该多保重自己,少怀一点"千岁忧"。

潇洒随想

XIAOSA SUIXIANG

怀旧，在人的心灵深处

人到中年或老年，总喜爱怀念过去，似乎过去的人、事、景、物、时光，都值得怀念，用常用的词说，就是怀旧吧。

童年的游戏，没有现在的技术含量高，但十分有趣；儿时的食品，没有现在的好吃，但味道却永远难忘；大学的同学，着装朴素，没有现在的大学生时尚，但他们的形象仍历历在目；工作时的同事，事业平凡，没有惊天动地的事迹，但他们留下的故事仍记忆犹新……与其说是怀念某个人、某件事、某样东西，不如说是怀念曾经经历的某段岁月。

一封旧信、一首老歌、一件物品、一本日记、一幅字画、一张贺年卡、一枚纪念章、一张发黄的照片、一本刊载自己文章的杂志，都能让我想起一些故人、一些往事、一些曾经度过的时光。

我总是喜爱回忆过去的时光，怀念过去的生活，这不是说现在生活得不好，也不是说想回到过去的时光，只是 一种没缘由的怀念而已。在我的居室里，一面墙的书架上，摆放的书大多是旧的书，有字典、词典类的工具书，有天文、地理类的专业书，有古代史、近代史类的史学书，也有诗词、散文类的文学书，这些都还保留着过去时光的味道和生活的气息。家中的多宝格上，摆放的装饰品、小玩意儿，都是我多年前到各地出差或旅游时，淘回来的各种瓷器、铜器、石器、玉器，还有一些纪念品，

潇洒随想

这一切都还保留着往日生活的印迹和心灵的回忆。橱柜里堆放着很多本影集,其中有相当一部分照片是黑白照片,有小学、中学时的,有大学毕业时的,有结婚成家以后的,更多的则是到各地旅游时留下的,看看这些照片,想起那些美好的岁月,就会陶醉其中。

我有时独自在书房里,静坐,发呆,回忆和怀念生命中最值得回味的一段时光,里面有美好的人和事,有生动的细节,有美丽的场景,有喜悦的心情,更有生命的灵光,感觉如同是在美梦中一样,给我带来一种特殊的慰藉和舒心。

怀旧,是现代人的精神咖啡,是现代人的情感浪漫,它是一种独特的情怀,一种别样的感觉,一种特殊的享受。每个人都有可能怀旧,但是每个人所怀念的都不尽相同。怀旧,在记忆的影集里,在怀念的情缘里,在人的心灵深处。

瞬间消失的雨花

"帘外雨潺潺,春意阑珊",屋里滴答滴答的钟声,和着屋外滴答滴答的雨声,如同奏响一曲柔和而美妙的轻音乐,让人有一种平静而舒畅的感觉。

晶莹、细小的雨珠密密地连成雨丝。雨丝来自天际,在那广阔无垠的天宇中好像有很多蚕茧,地上又好像有无数双手在忙碌地抽丝。那雨丝也怪,竟然抽之不尽,敛之不完。雨丝是纯洁的,因为天宇中没有邪恶,没有污点。雨丝带着清爽和素雅来到了人间。

雨丝无声地落到水面上,猝然溅开,有趣地形成一朵朵素色的花,花瓣清亮透明。雨花一扫秋菊之绚烂、牡丹之艳丽,只在水面上灿然一现,仿佛不胜害羞似的,随机又在水面上漾起一个个小小的"酒窝"。

我喜欢看水面上溅起的朵朵雨花,甚至有时会在雨天一个人立在河边,愣愣地凝视着水面,欣赏那雨花朵朵绽开,又倏然隐没在河水中。

这不是很迷人的景致吗?当你看到那玲珑小巧、清新俏丽的雨花时,你是否和我一样深深地迷恋、深深地陶醉?雨花给人的感觉是美好的,然而你却不能留住它,也无法捕捉它!

有人说难得见到昙花一现,人们珍视昙花,是因为它开花的时间短,还是它的艳丽?而雨花不断地绽开、消失,默默地来,匆匆地去,从不被人注意,它不会使人们感到叶落花凋时的黯然神伤,因为它不会凋谢。它被大地吸收,汇成地下甘泉,滋润着草木和禾苗;它被小溪吞并,汇成一条条奔腾汹涌的江河,汇成浩瀚无垠的大海。

雨不停地下,雨花层出不穷,却瞬间即逝。它无声无息,却又好像在默默地诉说什么;它无私奉献,给人们留下了很多美好的遐想。

我喜欢听这滴答滴答的雨声,我喜欢看这瞬间消失的雨花。

我喜爱夜行

我喜爱夜行,漫步在沿河的马路边,不需要别人陪伴,只有我一个人。因为我喜欢独自一人行走在属于自己的黑夜中,感受只有自己的世界。

马路上行人很少,往来的汽车也很少,只是偶尔有辆汽车从身边一闪而过。一个人漫步在马路边,看着空中朦胧的月色和调皮的星星,听着风吹过树梢发出沙沙的响声,感受一排路灯洒下的温暖,一切都是那样的宁静、安详。

漫步在马路边,可以和苏轼一起,品味夜景,欣赏"庭下如积水空明,水中藻、荇交横,盖竹柏影也"的美景;可以和李白一起,回忆童年,想起"又疑瑶台镜,飞在青云端"的乐趣;可以和杜牧在一起,仰望天空,体味"天阶夜色凉如水,坐看牵牛织女星"的雅兴;可以和辛弃疾一起,骑着小毛驴,聆听"稻花香里说丰年,听取蛙声一片"的夏夜之声;可以和赵师秀一起,等待好友,感受"有约不来过夜半,闲敲棋子落灯花"的孤独……

漫步在马路边,一个人,只有在这时,才能享受属于自己的个人世界;才可以毫无顾忌地或欣喜若狂,或流泪悲伤,或引吭高歌,或轻声吟唱;才能抛弃身上一切附加的东西,还原一个真实、纯洁的自我。因为只有面对自我的自己,才会是真正的、真实的自己。

　　漫步在马路边,我还可以感受到平常所没有的寂静,只有在这时,我才能深深地体味到早已去世的妈妈好像仍与我同在。妈妈很温柔、很善良、很勤劳、很正直、很伟大,她把所有的爱都倾注在儿女身上,一生含辛茹苦,默默地为儿女付出。然而,在我上大学的时候,妈妈就永远离开了这个世界,离开了我们。妈妈,儿子还没有来得及报答母爱之恩,还没有来得及让您老人家享享福,您怎么就早早地匆匆离我们而去了呢? 五十年过去了,如今,只要一提起我的妈妈,我都会情不自禁地潸然泪下。有时,我总觉得,妈妈一定化成了一颗星星,在天上看着我,守着我。有妈妈的守护,我行走在这漆黑的夜里,也会感到亲切和温暖。

　　我喜爱夜行,喜爱属于我自己的世界。

雨过天晴云破处

　　喜欢台湾方文山的歌词："天青色等烟雨,而我在等你。炊烟袅袅升起,隔江千万里……"空灵,淡雅,有离愁,有合欢,全笼在江畔的暮色里,有着如烟般的禅意。

　　中国的词汇实在有意思,同样两个字,天青与青天,意思却不同。天青,是指雨后天晴时,天空所呈现的青色;而青天,是指完全晴朗的天空。同样是晴空的颜色,但天青色要比青天色更明亮、干净、清丽、朗润,一尘不染。再有,花青与青花。花青,是从一种植物中提炼出来的青色颜料;而青花,是景德镇最有名的瓷器。这种瓷器,如豆青青花、黄地青花、哥釉青花、青花五彩,无论是表现山水花鸟,还是人物仕女,那种雅致与洁净,古朴与清纯,含蓄与幽静,说不出的飘逸与韵味,让人打心眼里喜欢。

　　一直不明白,古人为何这般眷顾青色,五彩之中第一位就是青色。青,东方色也。青作为词组,有青云、青烟、青苔、青荇、青翠、青葱、青衣、青衫、青春、青丝、青史、青瓦、青灯,等等,仿佛只要与青一配上,就无端地有了诗意,有了诗情。

　　细研起来,青,单就颜色而言,并不单指蓝色或绿色,还有黑色,也许是如墨鸭翅膀那种能在阳光下反射出美丽青光的黑吧? 要不怎么会有垂青、青睐这样的词呢,那是指水晶般明亮的黑色眼眸啊!喜欢你,欣赏你,专注地凝视你,才用到这两个词呢。还有,"朝如青丝暮成雪",像乌云般飘逸柔顺的黑发,才配叫青丝吧,只这一句,便能让最豪放的诗人李白心中唏嘘,平添许多感慨……

作为雨后晴空颜色的天青,是有出处的,道是"雨过天晴云破处,这般颜色做将来",是帝王对瓷器色彩的要求,御批的。只是这雨后天青实在不好做,用料十分考究不说,还得平心静气在素胎上一笔一画精心画好,再上釉,烧制时得及时调控窑温。最绝的是出窑那一瞬,须是烟雨天,早一刻不行,晚一分更不行,如此方能保证青翠艳丽色纯正,胎体无瑕若凝脂,淡雅脱俗,极具美感。因此制作雨过天青的瓷器,成品极少,非常稀罕。可以说,得一件"天青",全靠机缘。

似乎耳边还能听到歌声:"天青色等烟雨,而我在等你。月色被打捞起,晕开了结局……"

花开的日子,真好

春去春又来,花落花又开,这个世界有了花,似乎变得更美。我喜欢花,而且执着地希望花开,不愿看到花落。

也许这个世界上,没有人不喜欢花的。从山茶花到红杜鹃,从郁金香到红牡丹,从蝴蝶兰到红玫瑰⋯⋯它们都是很美的,真的。

我的家就在裕丰花市的旁边,闲暇的时候,我常到花市去逛逛。那一棵棵、一盆盆、一簇簇、一丛丛的花,竞相开放,争芳斗艳,绚丽多姿,五彩缤纷,它们总会拨动我的心弦。微风吹来,香气扑鼻,沁人心脾。此刻,欣喜之情洋溢在每个人脸上,也萦绕在花市的每一个角落。

花未开时,我期待着;花开时,我满足着;花落时,我惋惜着。为什么在花落时才知道惋惜,而在花开时不懂得珍惜呢?

花开的日子,真好;花开的季节,真美。我会珍惜每一朵开放的花,但我更期待着每一个未开的蓓蕾会开放出更美的花。

潇洒随想

读别人没读过的书

　　每个人从小到大,读的每一本书,都会对你产生影响。如果你注意一个人讲话的用词,也许能推断出他的大约年龄。因为中小学课本隔几年就会重编,读不同课本的人,用的词儿就会不一样。譬如一个人赏月时说:"唯见江心秋月白。"你可以推知他读过白居易的《琵琶行》。一个人对他的朋友说:我们都是老朋友了,"苟富贵,无相忘"啊!你可以推断他读过司马迁的《史记·陈涉世家》。一个人在暴雨之后,站在河岸边看到河水奔流时说:"急湍甚箭,猛浪若奔。"你可能推想到他读过的课本里头有吴均的《与朱元思书》。一个人在与他人的闲聊中,冒出一句"命运多舛",你可以推论出他以前的课本里有王勃的《滕王阁序》。

　　也可以说,读同样课本的人,会有许多共同语言。顺着这个思路去推想,年龄相近的人由小到大,因为读的课本大同小异,就算是有的人功课好,有的人成绩差,大家所知道的基本上还是差不多的。但是相对的,如果你私下读了大家没有接触过的课外书,那可就不一样了。

　　大家可能都有这样的经验,当同学或朋友相聚聊天的时候,碰到某一方面的题材,大家都不太懂,但是有位跟你年龄、学历相当的人,却能旁征博引地说出一大番道理。这时候,大家可能就会问:"哎,奇怪,你怎么懂得这么多啊?"当别人不懂的东西你懂,当别人不熟悉的东西你熟悉,大家一方面佩服你,对你好奇;另一方面,也能凸显你深厚的文化积淀。

是的,如果说这个,你可以娓娓道来,说那个,你也说得头头是道,以此推论,你当然博学多闻,也就显得不平凡了。

当下,有很多人望子成龙、望女成凤,希望自己的孩子将来出人头地。如果是这样,我劝大家不要强迫孩子把所有的时间和精力都放在学校里的课本学习上。除了教他们好好读书,学习学校里的课本知识外,还要让他们多读课外书,多参加学校的社团活动和校外的社会实践活动。因为他在学校里,有一群很会读书、很会考试的同学,有一天进入社会,那些人都是他的竞争对手,也都不比他差。真正能使他鹤立鸡群、一鸣惊人的,往往是别人没有学过,而他学过的知识或本领。

潇洒随想

我　　想

　　轻轻挥挥手,告别喧闹的城市,让飞腾的思绪穿过小屋的窗口,在广阔的天际遨游。

　　我想背一个三毛的行囊,去撒哈拉沙漠看海市蜃楼。

　　我想登上珠穆朗玛峰,从冰峰雪崖上滑翔而下,拖出一阵潇洒的长风。

　　我想驾一艘哥伦布或者麦哲伦的大船,游遍全球。

　　我想乘着"太阳神号"宇宙飞船,与神秘的外星人交朋友。

　　我想用绿树代替所有的烟囱,用如雨的泪滴净化地球。

　　我想用音乐掉换武器,让全世界的母亲不为孩子担忧。

　　我想做一个翅膀上带着阳光的天使,带给各种肤色的人善良、乐观、勇气和自由。

　　我想……

要有自己的个性

    我们每个人都是一片树叶,但是没有两片树叶是完全相同的。我们每个人都是世界这个大舞台上的一个角色,每个角色都有自己的个性特点。正因为各人都有不同的个性,世界才变得如此千差万别,变得如此丰富多彩,变得如此绚丽多姿。

    试想,如果人人的情感都变得一模一样,那么还有什么感情的沟通？如果人人的思想都变得一模一样,那么还有什么创新思想的诞生？如果人人的行为都变得一模一样,那么还有什么敢为天下先的壮举？如果每个人都失去了个性,世界将变成单调的、枯燥的、千篇一律的模样,人类的文明将会停滞,人类最终将走向毁灭。

    我们每个人都有不同的思想、性格、气质,这些都是我们的个性,是我们的资本,是我们的财富。由于我们的思想千差万别,我们才能不断发现新思想、新理念,探索新道路;由于我们的性格千差万别,才有了社会这个大舞台上一个个鲜明的人物形象,才有了水浒一百单八将;由于我们的气质千差万别,才使地球这个大花园里充满了各种芬芳,才出现了姹紫嫣红的美景。

    因为个性,才有了对春、夏、秋、冬不同的爱;因为个性,才有了对热闹、宁静的不同追求;因为个性,才有了对山川、大海、草原、荒漠的不同

潇洒随想

向往;因为个性,才有了赤、橙、黄、绿、青、蓝、紫的大千世界。

丘吉尔说:"每个人都是一种昆虫,但我是一只萤火虫。"丘吉尔是一只与众不同的昆虫,我们也应知道自己是什么昆虫,然后,努力去做好这只独特的昆虫,只有这样,天空才会飞舞着各种各样的昆虫,天空才会多姿多彩。

我们生活在一个个性化的世界里,我们每个人都是世界的主角,我们都要有自己的个性。

我是平凡的教师

我是教师,不是园丁。我的工作对象是有个性、有思想、有主见的活生生的人,不是任人修剪的花草;我的教育对象是天真活泼、主动学习的青少年,不是在等待肥料、水分恩赐的树木。学生岂能与花草树木并论,而教师又何必把园丁的虚名加在身上。

我是教师,不是蜡烛。我固然燃烧自己,但没有毁灭自己;我固然照亮别人,可也照亮了自己。在提高学生综合素质的同时,我也不断完善了自己。我从没有因"传道、授业、解惑"而失去什么,却因"传道、授业、解惑"得到了许多。教学相长,我和学生一起成长,何来只照亮了别人,更何来毁灭自己?

我不是人类灵魂的工程师,我只是人类中的一分子。教育的作用很大,但难以塑造和改变人类的灵魂。相反,是不断发展的人类社会,统治阶级的意志和时代的价值取向,在时刻塑造和改变着教师的灵魂,也决定着教师的价值。

我从事着被人们称作太阳底下最光辉职业的教师工作,但我在想:总统、总理、部长、省长是什么职业,工人、农民、商人、战士又是什么职业?三百六十行,行行出状元。教师用自己诚实的劳动,换取报酬,以此谋生,以此求发展,以此赢得社会的尊重。

是的,当今的教师得到了社会的理解和尊重,但不必给教师炫目灼人的光环和赞美。

清贫不是教师的代名词。安贫难以思进取,安贫不能奔小康,安贫怎能乐业? 牺牲健康、牺牲家庭,不是教师的专利。教师恪守职业道德,为人师表,不辞劳苦,勤奋工作。如果只赞美教师安贫乐教累倒在讲台,顾不上父母和孩子,那不是教师的追求。

对教师的任何比喻都是蹩脚的,任何言不由衷的赞美都是同情。我是教师,我只是人类中的一分子,既不伟大也不渺小,既不崇高也不卑微,既不悲壮也不苟且。我只是在平凡的岗位上干着平凡的工作,以教书育人为己任,勤勤恳恳、踏踏实实、孜孜不倦地埋头苦干,和广大教师一起,为我们祖国的教育事业贡献自己的才华和力量。

如今,我已退休了。岁月虽然染白了我的双鬓,但薪火仍然相继,我的生命会在学生身上得到延续。

严师未必出高徒

当人们谈到法国著名作家莫泊桑时,总会想到他的严师福楼拜,而且会异口同声地赞叹道:若不是福楼拜这位严师教导,莫泊桑也许不能坐上欧洲小说王子的宝座。当人们在狂热地谈论中国女排取得胜利的时候,也会啧啧称赞最佳教练员陈忠和的严厉。的确,严师出高徒历来为人们所传诵。

但是,严师一定能出高徒吗?未必。

古代伟大的思想家、教育家孔子,可谓是严师吧,他弟子三千,贤人七十二,可是,他对"宰予昼寝",也终究无可奈何地叹道:"这小子像糊不上墙的粪土,像不可雕刻的朽木。"诸葛亮是有卓越才能的思想家和军事家,也可谓是严师,他辅助刘备打下了江山。可是,他对刘阿斗,虽是尽心竭力,循循善诱,也终究无济于事。还有庞涓这种不堪寒窗之苦,追逐名利,大耍阴谋诡计谋害同窗的败类,不也曾经是著名的严师鬼谷先生的学生吗?

假如严师一定能出高徒,那么,历史上也许不存在宰予、刘阿斗、庞涓之徒了,可这终究是客观存在的事实。

因此,我们从中不难发现这样一个客观真理,"严师"毕竟是外因,他只能改变外在条件,而"徒勤"才是内因,是事物变化的根据。这正如石头不论加温至多少度,终究不能孵化出小鸡一样。

由此看来,严师对于高徒固然重要,然而出高徒的关键更在于门徒自身,在于门徒怎样虚心听取严师的谆谆教导,并勤学苦练。京剧史上的艺术大师梅兰芳,认为老师的挖苦是一种鞭策,是为自己好。他每天三更起床,对着一张白纸片练习背台词,做到了背完台词,在离嘴仅有五寸的白纸上,没有一星唾沫,从而逐渐形成了自己特有的念白功夫。

所以,我们切盼严师,但更应该勉励自己做一个高徒!

没有异想,哪来天开

有这样一幅漫画。老师问:"雪融化后将会出现什么?"甲同学在黑板上写下"水",老师判对;乙同学在黑板上写下"春",老师给一个"×"。其实,乙的答案比甲的答案要高明得多,因为他没有搬用那尽人皆知的"水",而是开动脑筋,刻意求新,从雪融化这一自然现象中,得出了"春"这个奇妙的答案,好一个发散思维。

由此,我想到了"异想天开"这个成语。异想天开,本指想法非常离奇,含有贬义。但是,从某种意义上说,异想天开,并非贬义,而是褒义,是值得提倡的。爱因斯坦说:"异想是知识进化的源泉。"也就是说,异想是发明创造的源泉,是知识进步的源泉,是科学发展的源泉。我们说的异想,指的是敢疑他人之不疑,标新立异,独辟蹊径,不落窠臼的开拓和创新。康德有言:"独创性必然是天才的基本特征。"布莱克也说:"打破常规的道路通向智慧之宫。"可见,异想是值得肯定的。

没有异想,哪有天开的创举?纵观古今中外的发明创造,莫不如此。如果没有把字从笨重的竹片"请"到轻巧东西上的异想,怎会有纸的发明?如果没有通过屏幕显示图像的异想,贝尔德怎能制造出第一台电视机?如果没有凌空飞翔的异想,莱特兄弟的飞机绝不可能上天!可以说,社会的发展,人类的进步,就是建立在异想天开的基础上的。

潇洒随想

　　以前，我们的传统教育所培养出来的相当一部分人，他们的思维模式受到传统思维模式的约束，往往迷信老师，迷信书本，迷信权威，不能也不敢异想天开。

　　今天，改革的大潮正冲击着古老的中国，振兴中华的大业需要的正是勇于异想天开，敢于打破常规陋习，具有开拓创新精神的人。但怎样才能培养出具有异想天开精神的人呢？拿学校教育来说，于老师，就要废除"满堂灌"、"填鸭式"的教学方法，鼓励那些好奇心强，能够提出新奇问题的学生，引导他们积极思维，求新立异；于学生，就要独立思考，肯动脑筋，不迷信老师和书本，敢于质疑，敢于发表与众不同的见解。

　　异想天开是一种极可贵的品质。但愿不迷信老师、在学业上敢于同老师"过不去"的学生更多地涌现，但愿勇于异想天开、能够锐意进取的科学工作者越来越多。

业精于勤而荒于嬉

唐代大文学家韩愈在《进学解》里说："业精于勤,荒于嬉;行成于思,毁于随。"这就是说勤奋刻苦能使自己学业精深,走向成功;怠惰马虎,就会毁掉自己的前程。韩愈这两句话,历来是不少有志之士的座右铭。

清末著名学者王国维在《人间词话》里说过这样一段话:"古今之成大事业、大学问者,必经过三种境界。'昨夜西风凋碧树。独上高楼,望断天涯路。'此第一境也。'衣带渐宽终不悔,为伊消得人憔悴。'此第二境也。'众里寻他千百度,蓦然回首,那人却在灯火阑珊处。'此第三境也。"王国维在这里巧妙地摘取了三首宋词中的佳句,形象地说明了"成大事业、大学问"的人所经历的三种境界。第一种境界说明人们开始学习时,有如登楼远望,看到的是书山逶迤,学海茫茫,眼花缭乱,意识到要学的东西很多,却不知从何下手。第二种境界说明人们逐渐尝到了知识或事业进取的滋味,废寝忘食,专心致志,以致把身子都熬瘦了,容颜都憔悴了,但也决不后悔。第三种境界,把求学治业比喻为一个人在人山人海的元宵灯市里,一下寻到了他心爱的人,正像对学问事业的追求过程中,终于有了发现,有了成功。这三种境界,集中说明的是"勤奋"二字。

有的人并不懂得这一点。他们往往只将失败归结于自己的条件不好，没有"成大事业、大学问者"的那种天才。殊不知一个人不管天资如何聪慧，如果不勤奋努力，贪于游乐，也会一事无成，潦倒终生。宋代王安石有一篇《伤仲永》的文章，就讲了一个神童叫方仲永，五岁能诗，名闻遐迩，可谓聪明绝顶了。如果在此基础上勤奋学习，也会成为一个"成大事业、大学问"的人的。可王安石第一次去看他时，见他才思敏捷；第二次看他，却并没有什么进步；第三次去看他时，他竟然跟一般的人并无什么不同了。这是为什么呢？原来他有一个利欲熏心的父亲，每天拉着他串亲访友，利用儿子的聪明，来作为自己交结乡党的资本，就这样在庸庸碌碌的应酬中，荒毁了这个天才的儿子。他的父亲不懂得，即使是神童，如果不勤奋学习，也是不成的。

相反，只要勤奋努力，锲而不舍，即使是被认为不是天才的普通人，也会做出大学问，成就大事业。我国大书法家王羲之，年轻时也很平常，书法远不如当时的名家。但他勤奋，博采众长，专心揣摩名家字体的间架结构和笔势。有时走路也想着写字，吃饭也在衣上划字，连衣襟都被划破了。相传他每天坐在池边练字，不知写完了多少墨水，写烂了多少笔头，洗笔砚竟把池水染黑了。今天绍兴市西街成珠寺的墨池，相传就是他洗笔砚染黑的。人们只知道王羲之的字活泼清新、刚劲有力，却不大想到他一生下了多大的功夫！

"看似寻常最奇崛，成如容易却艰辛。"要做一番大事业，成就大学问，不勤奋学习，不艰苦奋斗，不经历种种艰难困苦，那是不成的。

"野心"新解

有很多人的能力并不逊色于成功者,他们缺少的只是机会。可是,机会并非是摆在人们面前的现成之物。有人把不是机会的事情当成机会全力争取,用百分之百的努力把百分之一的可能变成了现实;有人则把有可能获得的机会拱手相让,九成的把握也被轻易地归零。这样一进一出,畏缩不前者就落到了千里之外。

法国有位富翁说:"穷人最缺少的是什么? 穷人最缺少的,是成为富人的野心。"答案似乎匪夷所思,但是一语中的。因为没有野心,所以容易守成,容易放弃,容易挥霍机会,容易瞻前顾后,容易屡屡退缩。只要抱着这种庸碌的心理,那就根本谈不上什么跨越和突破。

在教育领域有一种说法,即最好的教学是要让孩子们"跳一跳,摘得到"。就是说让人从"伸手可得"到"努力可得",其腾空的高度,也是现实与理想、已达到与可能达到的水平之间的距离。从这个意义上说,任何一个成功者,都是行走在自身能力极限的边缘,靠一次又一次对自身能力的突破,收获一枚又一枚"欲望的金苹果"。这样的人生就是不断自我实现的人生,也唯其如此,才能让自己的潜能得到最大程度的发挥,可以说是一个个"野心"在推动着自己逐步实现目标。

超　越

果实超越花朵,而泥土超越果实;岁月超越生命,而灵魂超越岁月。

突破躯壳,种子举起希望的旗;跳下悬崖,瀑布跌出高昂的歌。

超越是雏鹰飞向蓝天的第一次展翅,是婴儿迈向人生蹒跚的第一步。超越是一次泪光中的微笑,超越是一份痛苦中的幸福。

把意志绷成弦,而超越就是离弦的箭;用心血磨成剑,而超越就是锋芒的初试。

每一次超越,我们都会领略世界的高远,我们都会看到新奇的风景。每次的超越,是刚刷新的起跑线,又是奔向下一个目标的新起点。因为,新的高度又在面前。

一切的超越,都从零开始,又都从脚下起步。

山上之石与河里之石

大家都知道,山上的石头棱角分明,而河里的石头却圆润光滑。人也一样,有的人敢于发表自己的见解,勇于批判不合理的现象;而有的人却唯唯诺诺,见风使舵,八面玲珑。

山上的石头和河里的石头,构成壮美的山河,而像山上石头一样的人和像河里石头一样的人,则构成了大千世界。

我觉得做人,应当做像山上石头一样的人,而不做像河里石头一样的人。

晏子是我国古代名臣,他的才智一直为人们所称道。可就是这绝顶聪明的晏子,却做了一件令人十分不解的事,即把跟随他三年从未做过错事的高缭给辞退了。周围的人很奇怪,纷纷探问其故。

晏子答道:"我年老不中用,就如弯曲之木,须用规矩定方圆,用斧头削、刨子刨,方能成器,高缭与我相处三年,对我的过失不发一言,于我何用?"

晏子之所以辞缭,就因为高缭没给他提意见,对他没有用处。高缭就是一块典型的河中之石。

遗憾的是,像这样的河中之石,如今仍然屡见不鲜。君不见,有些人"是非面前不开口,遇到矛盾绕开走",有些人"不出头,不冒尖,免得冒风险",有些人"多栽花,少栽刺,多一事不如少一事"。一句话,这些人就是怕得罪人。更有甚者,有些人见人说人话,见鬼说鬼话,阿谀奉承,溜须拍马。

这种人,人际关系确实不错,甚至还可以得到领导的器重,但是对于社会来说,他们的好处又在哪里呢? 其实,他们只是一群地地道道追求个人利益的自私鬼。

中华几千年的文明史,有不少诸如魏徵、王安石等敢谏之人,名垂青史;但也不乏李林甫、秦桧之流,遗臭万年。历史向我们证明:不论哪一个朝代,哪一类统治者,真正需要的还是如山上石头那样的人。

我们应当做一个正直的人,做一个诚实的人,做一个心口如一的人,做一个像山上石头一样的人。

呼唤真正的感动

感动，按词义解释，谓之思想感情受外界事物的影响而激动，引起同情、倾慕，或受到感染而心生感谢、感激。

如今，世上令人感动的事没有那么多了。可是，越是缺少感动的时候，人们越是容易感动。官员们到乡下走一走，与普通百姓谈上几句话，百姓就感动不已；逢年过节，领导到贫困家庭坐一坐，送上点慰问金和慰问品，贫困者更是感激涕零；警察能不训斥群众，能不刑讯逼供，百姓也会感动；法官能改正错案，当事人也会感动得不知怎么办才好；城管员不用脚踢翻路边小摊贩的摊子，摊贩就会叩首感谢了；老板能按时如数发给农民工工钱，商家能不卖假货，有人拾钱物能交还失主，等等，无不成为感动百姓的重大新闻。至于电视台各种各样的煽情节目，更是数不胜数，也把观众感动得一塌糊涂。

上述种种感动，我总觉得有点肤浅，有点单薄。这种令人感动的人或事，其实不过是履行了本职，或者是不越轨，或者是讲诚信，做了应该做的事而已。这种感动是难以上升到感谢、感激和感恩的层面的，因而也就难以在感情世界里留下深刻的印记。这种感动来得快，去得也快，感动过了也就完了。而且，这种正面的感动，还往往被负面的激愤冲刷得一干二净，如各种各样的腐败行为，失去良知的丑恶行为，等等，又往往把感动从我们的记忆里赶出去。

当然，我们应当承认当今社会仍有许多真正令人感动的英雄人物，像倾尽所有资助失学儿童的身患绝症的深圳歌手丛飞，一身正气与邪恶作斗争的公安局局长任长霞，清正廉洁一心为民的好公仆郑培民、牛玉儒、沈浩等，都是感人至深成为时代标志、百姓楷模的人物。

我常常想，一个社会真正让人感动的人和事多了，才会融洽和谐，才会温馨文明。我们呼唤感动，并且要使自身的行为令别人感动。

发明游戏，制定规则

中国人现在很牛，自我感觉良好，动不动就和人家比。什么什么达世界先进水平，什么什么居世界前列，什么什么与人家相比，虽有差距，但差距不大，只要假以时日就可以迎头赶上。于是，有些人便得意扬扬起来，甚至得意忘形、忘乎所以了。

我以为这是一种可笑的盲目乐观。如果我们将当今世界上所流行的一切，无论政治、经济、文化、科技，还是世俗生活的方方面面，都看成是某种游戏，你将会发现，没有一种游戏是今天的中国人发明的。从现代政治到市场经济，从航天技术到足球比赛，从奥运会到互联网，电灯、电话、电视、电影、汽车、飞机、地铁、高速公路、西服、皮鞋、可口可乐、信用卡、摇滚乐……没有一样起源于中国。

中国人的发明，似乎集中在古代，例如著名的四大发明。当今在世界上属于中国的符号或事物，例如孔子、长城、故宫、春节、水饺、龙舟、灯笼……其发明创造好像也和今天的中国人无关。有没有中国人发明而又被世界至今普遍享用的事物呢？对了，中国菜，世界各地的人都喜欢吃，但那好像也不能算是今天中国人的发明。

今天的中国人就像一名运动员，在世界上有拿奖牌的实力，但他绝不是裁判。在某些比赛项目上或许技能超群，但项目本身并不是中国

潇洒随想

人设立的,那么这些项目规则的制定、标准的树立、比赛的裁定,中国人基本上是不沾边的,也就是说中国人基本上是没有话语权的。着急也没有用,大呼小叫不公平也于事无补。发明游戏并有很多人来玩,是一件愿打愿挨的事。相对世界而言,今天的中国人所创造的游戏玩法,基本上是只供内需,加以推广让世界上的人都来玩一把,至少现在还很难变为现实。

承认某些缺憾,可使我们变得更清醒、更谨慎,也更聪明。如果我们要与人家相比,不仅要比数量、规模、实力,更重要的还得比质量、方式、方向,原创性的发明永远是最重要的,无论哪个时代的文明,都是以创造性的发明为其标志的。

中国人不应该只满足于做一个跟进者、赶超者,更高的追求是要做一个创造者、设计者、开拓者,制定规则并率先而行。如果将来有一天,国人发明了一项或多项有关政治、经济、文化、科技等方面的游戏,全世界的人都在玩,玩得兴致勃勃、乐此不疲,而且非此不可,那时中国就真的有点厉害了。

取长与补短

经济学界和管理学界常会提到"木桶原理"。一个木桶由许多块木板组成,如果这些木板长短不一,那么这个木桶的最大容量,将取决于那块最短的木板。就"木桶原理"的本义来看,在一定的条件下,显然有其合理性。例如企业能否发展,往往会受到短板效应的影响,某一最薄弱的环节会使一切努力付之东流,这在现实中并不少见。因此,作为企业来说,必须要找出影响企业发展的短板在哪里,并采取积极有效的措施来补短,才能促进企业的发展。

人与人之间的个性差异是客观存在的,也是无法否定的。对于我们每个人来说,不要否认这些个性差异,而是要从差异中找到自己的长处和短处、优势和劣势,最重要的不是补短,而是取长。也就是说要充分发挥自己的优势,发展自己的特长,以自己的所长为人类造福。对于领导者来说,用人最重要的也不是补短,而是要取长,也就是说不是研究每个同志的短处,千万百计去补短,而是首先要研究他的长处,发挥他的优势,使他在工作中得以更好地发展。

人在哪些方面可以得到充分发展,是需要依赖某些特定条件的,如个人的兴趣、爱好、特长,或是在某些方面的灵感。各人的兴趣、特长是不同的,如果在学科或职业的选择上,在把握个人奋斗的方向上,不切

潇洒随想

实际,不分析自己的特长和优势所在,不向自己优势的方向发展,而是盲目补短,结果是很难如愿的。

比尔·盖茨没有付出许多的汗水去读完大学,却靠开发软件的灵感和辛勤开拓,成就了微软事业。钱钟书先生在考清华大学时,数学成绩不够理想,学校没有苛求,他也没有刻意去补这块短板,而是将自己的强项发挥到了极致,成为一代国学大师。

如何发挥自己的优势,如何发展自己的特长,如何在自己擅长的领域辛勤耕耘,将九十九分汗水挥洒在那一分灵感所及之处,应是每个追求成功的人需要认真思考和把握的。

自由与不自由

最近报载一则短消息:在奥地利首都维也纳,有位 52 岁的男士,因为在遛狗时拒绝捡狗屎,已三次被送进监狱,并罚了款,因为他违反了政府颁布的养狗条例。

奥地利人和世界上许多地区的人一样,喜欢养狗,这很正常,因为狗是我们人类的好朋友。人有养狗的自由,当然也有接受养狗条例的不自由。在我的印象里,中国的狗是自由的,可以到处乱跑,到处跷腿拉尿拉屎,狗的主人也是自由的,可以视而不见,到处晃悠……同样有养狗条例颁布,但颁布归颁布,执行不执行却是另外一回事。

我们总以为外国人标榜自由世界,人会有很多的自由。但当你近距离接触这个社会时,会发觉有很多的不自由!比如你不能在公众场合喧哗,前些年美国总统的女儿在酒吧里大声唱歌,结果被带到警局里拘留;一位女士在公交车里不停地打手机,骚扰了周围的人,也被带到警局里拘留两个小时还罚了款。还有不能在公共场所的人群里抽烟,不能破坏静静等候的排队秩序,等等。

同样是自由,却有着质的不同,自由主义世界的官员们,在工作上也有自己的特权和自由,但在法律和制度上却没有贪污一块钱的自由,一贪污便下台,这已经成为惯例。伦敦市市长鲍里斯·约翰逊具有管理整个伦敦市的自由,却没有通过权力搞到一张在自己城市里举办的奥运会门票的自由,结果在网上申购也没有买到。

伦敦市市长约翰逊说:"作为英国人我很自豪,因为没有哪个奥运会主办城市的市长,要靠抽签才能为家人买门票,而且还没中签。"他的话语里表达的是:西方人的自由,靠的是法律制度来界定,靠权力不能越界来界定,靠人的自觉及不损害他人的利益来界定。

在不捡狗屎就失去自由的社会里,是不是太没自由? 不是的。因为在法治社会里,有法必依是原则,谁都不能例外。自由是不损害公众利益的自由,是法律制度下的自由,是权力不可越界的自由,离开这些原则的自由,就必然会受到法律的约束和制裁。

城市豪华不便民

最近《人民日报》发表了一篇文章,批评一些地方的贵族化倾向。文中说:"一些城市热衷于表现繁荣、豪华的发展模式,忽视对老百姓的服务功能。大楼越来越高,设施越来越洋,可是普通老百姓却感到生活越来越不方便,生存空间狭小。这种贵族化倾向必须引起高度警惕。"文章接着又介绍了一个老人的感觉:"老人觉得,他生活的城市是给有钱人消费的,豪华场所越来越多,理个发五六十元,洗个澡一百多元,以前家门口就有的小理发店和澡堂子越来越少。小孙子上的是双语幼儿园,每个月光学费就要四五千元。"文章还揭露了看病难、看病贵,体育场馆少等等问题,句句都是实话。

我们的城市变化确实很大,游子归来一看,大吃一惊,都说变得简直认不出来了。确实,马路宽了,高楼大厦多了,宾馆、酒店、影剧院、咖啡厅更豪华了,理发店、澡堂子都洋起来了……总之,就如陆游咏沈园那样:"城上斜阳画角哀,沈园非复旧池台。"游子认不出旧池台的心情是复杂的,可以说是喜中带忧。喜的是城市的容貌焕然一新、多姿多彩,忧的是生活中种种的不方便。

城市中路宽了,不假,但这是为车子造的。人们要过马路,过去走几步就跨过去了,现在要走很远才能走到斑马线,明明是对面,却像牛郎织女般隔着"天河"。高楼大厦也多了，特别是政府机关、银行、高档酒店等，那派头真大，都设了保安、警卫，一般平民百姓想要进去找个人，那要费许多周折的，甚至根本见不到。商场和超市里的东西倒是琳琅满目，可是物价日涨，老百姓想消费就更难了。

记得上个世纪50年代的时候，我们所居住的城市虽然不大，但街上到处都有小摊贩。若夜里肚子饿了，一出门各式挑子都有，卖馄饨的、卖汤圆的、卖面条的、卖老母鸡汤的、卖包子的、卖狮子头的、卖卤鸡蛋的……只要花一角二角钱就吃得口角生香，回来还常常买些瓜子、花生之类的零食。剃头挑子也随处可见，至于修修补补也很方便，走不到多远就有。还有货郎担子，买个针头线脑的，不用到店里去找。现在的超市有些小商品已经难以找到了，诸如针线、耳扒子，等等。还有戗刀磨剪子的，过去不难听到喊声，现在也听不到了。最大的困难还要数看病，医院建了不少，可是老人们还是觉得看病难，光是排队就要老半天。

城市豪华了、气派了，也该想想便民的措施了吧！

清官有时也可恨

　　曾读过一位政治家的传记,他一向以刚正不阿著称,可是批评他、憎恨他的人也不少。他曾经说过:"在讨好人和做好事之间,我选择把事做好。"

　　他一生清廉,品格无瑕,做事认真,但他也不断地与反对他的人或环境对抗。很少有人亲近他,帮他做事的人,也有很多拂袖而去的。他的行事与判断未必有错,然而,凡是人都有尊严,严酷的个性会让人感到缺乏人情味,人们就会对你敬而远之,或干脆离你而去,甚至站到你的对立面上。

　　一个人,品格无瑕,做事未必无错。《老残游记》中记载了一段令人难忘的故事。江湖医师老残行走到曹州,曹州的父母官是一位著名的清官。他号称自己的管辖区域"路不拾遗",然而这良好的风俗,是建立在严酷的法律之上的。只要有人轻微犯法,就会遭到重刑。老残听说,一年来,"站笼"里站到死的有两千多人。若有人犯法就被关在狭小的笼子里,坐不得也躺不得,一直站到死。如果有人生命力强,好多天还没有站死,那就可能被板子打死。百姓并没有感激他,反而对他恨之入骨,在私下都叫他"活阎王",活人碰到他就死定了。

　　《老残游记》的作者刘鹗是这么说的:贪官可恨,人人都知道;清官可恨，很多人却不知道。那些贪官知道自己有问题，不得人心，往往不敢公开做坏事；而那些清官认为，我又不贪财，一身清白，没有什么瑕疵可攻击，有什么不敢做的呢？他们刚愎自用，以致"小则杀人，大则误国"。所以，清官有时也可恨。

品格与个性确是两回事，《老残游记》中说的便是自以为品格无瑕疵的人，这种人如果个性有问题，盛气凌人、唯我独尊、刚愎自用、独断专行、以权代法、以我为法、为所欲为、有恃无恐，那么对社会、对国家所造成的灾难，恐怕会比品格有些污点的人更多更大。

鬼有三招

我的一个朋友李先生，爱讲鬼的故事。他告诉我：鬼有三招，第一招是迷，第二招是缠，第三招是吓。捕风捉影的鬼故事不足为信，但其中的道理却能给人以启示。

看过电影《画皮》的人都知道，鬼化为美女让人着了迷的厉害，这就是迷。所谓缠，就是你在路上遇见了鬼，你往左走，它也往左，你往右走，它也往右，挡着路不让你走过去。这时人若壮着胆子横冲直撞过去，鬼便会跑掉。前两招若人不上鬼的当，鬼便用第三招——吓，披发流血，此时人若十分镇定，稳如泰山，鬼也是无奈，最终只有逃去。

鬼故事是由人编造出来的，人并非胡乱编造，而是按人间的事来编造的，只不过故事中的某些角色本来是人，现在用鬼来代替罢了，说鬼却是为救人。

鬼有三招，人间之鬼要拉官员下水，其实也就这三招而已。首先一招是迷，你想喝酒的时候，送上酒杯；你想睡觉的时候，送上枕头；你想玩的时候，送上机票；你想发财送上黄金屋；你若好色送上颜如玉……总之一句话，你哪块肉痒痒就给你挠哪块，你想要什么就给你送上什么，看你着不着迷，看你上不上钩。你若不上钩，便来第二招缠，你是线轴我是绳，我缠你；你是小米我是锅，我熬你。你上班的时候，我到办公

潇洒随想

室找你;你开会的时候,我在会议室门口等你;你晚上休息的时候,我到你家找你;若是找不到你的时候,我打电话扰你……如果第二招再不行,就来最后一招,白天我用弹弓打碎你车上的玻璃,晚上我用弹弓打碎你窗户上的玻璃,阿猫阿狗的也自称黑社会,我扬言要出钱买你一条腿,甚至要买你的头……我吓死你!

神有七十二变,人有三十六计,鬼有三招,好官只需一心——刚正清廉之心。清则不被迷,正则不怕缠,刚则不惧吓,如此,鬼也无可奈何。

难忍亵渎汉语

近年来,汉语使用混乱已呈蔓延之势,呈现出"摩登盛世"的三大"时髦":其一,不少报刊的文章夹杂英语词汇和缩写已成家常便饭,如同美人脸上生出的疮疤,刺人眼球;其二,一些流行的中文歌曲成句成段地使用英语,严重肢解了汉语完整的表达体系,给人的感觉莫名其妙;其三,荒诞离奇的网络语言盛行,如"刚才听 QQ 上一个 GG 说要纯洁汉语了,好怕怕,不知道'酱紫'下去'偶们'是否也要规范,你说 FT 不 FT? 郁闷 ing……"好像过去的地下工作者在接头时用的暗语。类似的网络语言还堂而皇之地上了大众传媒的报刊,什么"油墨"(指幽默)、"稀饭"(指喜欢)、"果酱"(指过奖)、"酱紫"(指这样子)、"青蛙"(指丑陋的)、"菜鸟"(指新手)、"7456"(指气死我了),等等,不一而足。反映了这些人文化素质的下降已到了可忧可怕的地步。

人们不禁要问,这种损害汉语这个中华文化之根的现象,问题出在何处? 我以为这类不伦不类的"时髦"语言和催生这"时髦"语言的,不是别的,是内外夹攻的结果。内因是我们自己把古怪当有趣,越离奇古怪越好,故弄玄虚,当然也有些人汉语水平太差,连汉字都不会写,更谈不上准确使用汉语词语了;外因是西方语言主要是英语的冲击和侵蚀,使不少人滋生了"英语情结"和"英语崇拜"。总的来说还是我们自己

潇洒随想

不自信和中华文化意识衰微的结果,于是汉字汉语成为网络化进程中不断遭到戏谑和修葺的对象。长此下去,汉语即便不会消亡,也会逐渐没落。

应当承认,当今在全球范围内,各种语言的相互渗透不可避免,而英语通过网络优势对汉语的影响也在所难免。中外语言的相互影响,本无可厚非,但绝对不能滋生出莫名其妙的语言怪胎。所以,我们必须要纯洁汉语、净化汉语、规范使用汉语,保护好汉语这个中华文化的根,反对亵渎汉语的怪现象,清除玷污汉语的畸形怪胎。国家必须要加强监管,规定一个底线,守住书籍、报刊、广播、影视、网络等文化传播阵地,确保汉语的规范使用。

要让诚实者不吃亏

在被儒家文化滋养大的国人心中,我们从来就是一个诚实守信的民族。皇帝说,我一言九鼎;君子说,我一言既出,驷马难追;老百姓说,我吐口唾沫也是钉。在这样的国度里,本该是出一个不诚实的人都难的。

可是,事实并非如此。秦朝掌控了皇权的赵高,当着皇上与满朝文武百官的面,就"指鹿为马",瞪着眼睛说瞎话,不诚实到了死不要脸的份儿上了,你又能奈我何?于是老百姓也学会了当面喊万岁,背后骂皇帝。这样一来,很多人都不讲诚实守信了,因为人们都知道虚伪没风险,撒谎可得利,见风使舵能升官,诚实了反而会吃亏。

有的人为自己的不诚实找到了充足的理由。那就是要看对待谁,对待皇帝,臣子要诚实,不能不忠;对待父母,子女要诚实,不能不孝;对待朋友要诚实,不能不信。叫对待我们的敌人呢?就不存在诚实守信之说了。特别是在你死我活的战争之中,更不能要诚信,只要谋略。我们的"三十六计诱敌,七十二招制胜",就没有一句诚实的话,却被奉为"国学经典"。

那么,到底谁是我们的朋友,谁是我们的敌人呢?划分的尺度是怎么来制定的呢?恐怕每个人的心中都有一个评判标准。我们很容易把与我们没有共同利益者都看成敌人，对待敌人是不能讲诚实的，只有内部的伙伴才可讲诚实。如果看错了对象，讲了诚实，就会有血的代价。战争时代是这样，经济建设时代也是这样。

如果上级派来了检查团，作为被检查的下级部门，就要一起不诚实，如果有哪个员工对检查团诚实做人了，讲出了真话、实话，他就是"叛徒"、"败类"，是要被扫地出门的。而对上级检查团来说，这个人不撒谎，讲真话，他就是诚实的。诚实不诚实的标准就是看对方是谁。今天你是我的同伙，我就诚实对你，明天你是我的竞争对手，我就得多个心眼，算计算计。我们总是在翻脸与不翻脸之间，认定你是我的朋友还是敌人。

有人认为，欺骗可得利，撒谎能升官，诚实就吃亏，讲真话要遭罪，所以有人说：撒谎是成功者的入场券，诚实是倒霉者的判决书。于是，对任何人、任何团伙、任何组织，人们不敢诚实，因为谁诚实谁就容易遭到误解，引来横祸。

当下社会充斥着权力相争、利益之争、商业竞争，在这些相争之事面前，我们还缺少人人平等的阳光机制，那么，诚实就不如谋略有力了。看来要解决当今社会上诚实丢失的问题，关键是要先打造让诚实者不吃亏、不遭罪的机制，否则在这个社会上就会出现这样的怪事：只有骗子才能腰缠万贯，只有见风使舵的人才能飞黄腾达。

"啃老族"的心态

有些青年男女,不找工作或工资收入偏低,依赖父母的退休金或积蓄过活,我们常常把这些人称之为"啃老族"。

时下还有另一种年轻人,自己有一份不错的工作,也有一份固定的收入,就是贪图个人的自由快乐,不想结婚成家,三十好几的人还赖在父母身边不走,日常生活、衣食住行全靠父母操劳打理,饭来张口,衣来伸手,视父母为佣人、保姆。还有的邀朋约友,在外喝酒打牌,夜半不归,或在家玩电脑,打游戏,直至更深,丝毫不顾及父母的辛苦劳累。像这些"啃老族",不仅在物质上啃老,在精神上也啃老。

物质上的啃老,父母只需出些钱财,打发了事,尚可落个清静,心里安泰。然而精神上的啃老,却给父母带来无尽的负担与忧烦。如果说物质上的啃老是一种缺乏良知、不尽孝道的行为,那么精神上的啃老,可否算是对父母的一种无端的折磨与虐待呢?

子女的啃老,是子女的不敬、不孝,理应受到道义上的谴责。然而,作为父母也应自我反省。正因为对子女过度溺爱,包揽了子女日常生活的所需,宁可自己吃苦受累,保持隐忍,也不愿放手,无形中给"啃老族"创造了啃老的条件。这些父母自酿了一种由娇惯宠爱做配料,连自己也觉得难以下咽却又硬要啜饮的苦酒。

现代的"君子"们

最理想的生活是精神与物质两全其美。从前的"君子"们重精神、轻物质,现代的"君子"们则追求物质享受,忽视精神生活,是这样吗?

你仔细观察一下,便会发现现代的"君子"们仍然把精神看得很重,他们相信物质可以变成精神。内心的宁静十分重要,得到宁静的方法之一,是银行里有相当数量的存款。恋爱是一种精神生活,讲究气氛,晚上如果请女友到高级餐厅吃上等牛排,气氛比在小饭店吃快餐更要罗曼蒂克一些。你能说现代的"君子"们抛弃了精神吗?

某君经营一个私人企业,每天起早摸黑,到处奔波,忙忙碌碌,疲惫不堪,满脑子想的都是赚钱。钱虽然赚了不少,但人变成一个机械人了。每年他都忘不了女朋友的生日,他祝贺的方式则是寄一张支票——只有支票,连"生日快乐"都不写,他认为支票当然能使人快乐,无须废话。可是,女朋友要听见"废话"才快乐,支票倒是可有可无。结果,他在寄出第 N 张支票时遭到退回拒收,那位小姐听了另一个男人的"废话",变成了别人的未婚妻。

物质生活与精神生活本可相得益彰,但若陷入物质的迷津,就找不到精神了。

生不必逢时

人的一生,个人的经历、所处的环境不同,成败、祸福、富贵、贫穷也不尽一致。有的人时运不佳,身处逆境,生活艰难困苦,挫折、失败、磨难、灾祸频频袭来,万念俱灰,不禁捶胸叹息:"生不逢时,天命使然。"

我以为:生不必逢时。难道说生于乱世就一定遭难于身,生于太平盛世就一定高枕无忧吗?常言道:"乱世出英雄。"沧海横流方显出英雄本色,造就英雄伟才,并非因时因命,而是因人。人的成败离不开自身的进取、奋斗和努力。

孟子曰:"故天将降大任于斯人也,必先苦其心志,劳其筋骨,饿其体肤,空乏其身,行拂乱其所为,所以动心忍性,增益其所不能。"人若有才,终有用武之地,英雄不问出处,是英才是庸才,以其所成之事而论。成大事者,全凭自己的才德和奋斗,并非天时地利。

泱泱中华,历史悠久,文化灿烂。汉赋、唐诗、宋词以及明清小说,皆因朝代而异,各有精华所在。无论生于何时何地,有才者,终能占一席之地,何须叹生不逢时。我相信天生我材必有用,皇天不负有心人。一个人的能力有大有小,但只要发挥一己之长,做力所能及之事,皆是社会有用之才,皆如中流砥柱,并非时代所能左右。

常言道:态度决定高度。人之心,决定人之行,若心惧生存的环境,则因惧而避世；若心坚如磐石，则无论何时何地，都不轻言放弃。纵使生不逢时，只要不自弃，自当有所作为。埋怨无用，哀叹无用，时不就我我就时，方为真理。

姜太公苦守半载，白了双鬓，老去华颜，也削减不了雄心壮志，故能等来文王，最终成百家之宗师，皆因其心坚。太史公司马迁历宫刑之辱，也不因时而弃，终有史家之绝唱、无韵之离骚《史记》问世，皆因其心坚，胜于时势。

我以为：生不必逢时，即使时不利我，也应趋时而动，以其心坚成就大事。甘于听天由命，让此生碌碌无为，甚至受苦受难，这是弱者所为，我当鄙之。

为失败唱支歌

我们每个人都渴望成功,谁会希望失败光临呢?然而,仔细想来,成功固然是件好事,可喜可贺,但失败也不尽是坏事,有时也不妨为失败唱支歌。

漫漫人生路,失败是一种客观存在,任何人都会有失败,只有失败过,我们才知道什么时候该总结反思,什么时候该扬帆起航,什么时候该退避三舍,什么时候该当仁不让。经历了失败,我们才会细细咀嚼苦涩的滋味,使意志更坚定,筋骨更坚韧,做到百折不挠,一步一步走向成功。

三国时期的刘备,虽然弃新野,走樊城,败当阳,奔夏口,几乎无容身之地,甚至妻离子散,但终成一代霸业。

年轻的朋友,面对失败坦然些,潇洒些,乐观些,自信些,就会少一些烦恼忧虑,少一点萎靡不振,多一分"天生我材必有用"的心境,多一点脚踏实地、埋头苦干的进取精神。况且,我们拥有青春,拥有时间,拥有机会。让我们相信:有一种失去叫拥有,有一种失败蕴含着成功,当我们前脚迈出失败的时候,或许,后脚就踏上了成功。

我们想要飞翔

也许,昨夜的那场狂风暴雨,还在隐隐地灼痛我们的心灵;也许,枝头上的花儿,还没来得及美丽就已凋谢,徒留给我们一份遗憾和悲凉。

也许,有许多路,我们走着走着就失去了方向;也许,有许多个夜晚,我们刚刚起程就没有了星光;也许,我苦苦讴歌的诗篇,始终无法感动你的善良;也许,我们辛勤耕耘的春天,到秋天时依旧是一片荒凉。

但是,我们仍旧想要飞翔。

用我们的鲜血和激情祭祀远航的船桨,用我们的理想和坚韧升起人生的太阳。失败了不要痛苦,成功了不要张扬。我们虽然是一群平凡的人,我们却想把属于自己的生命,锤炼得更加坚强,更加明亮。

要唱就唱吧,唱他个地老天荒。

要哭就哭吧,哭他个痛快悲伤。

无论如何,我们都要插上一对坚强的翅膀,荷载着所有的憧憬、希望和理想,去更远的地方飞翔。

闪烁如金的名字

文学大家沈从文先生的名字,概括了他的一生。注定一生要与文字相携到老,这对于他真是一种幸福。

沈从文描写的爱情很美,洁净、纯粹,宛如家乡的一江春水。他写的文字更美,弥漫着生命的美丽和悲凉。他写篁竹、山水、小船、村寨、笛声……像潺潺流出的小溪,有水的灵秀,若隐若现,纯净天然。沈从文有句口头禅:"人做事要耐烦。"意思是说,写作一定要有耐心,锲而不舍,不怕麻烦和费力。他写《边城》共七万字,却写了半年之久。他才情过人,却从来不是一挥而就。我想,对于作家来说,文字其实是一块璞玉,只有经过耐心地打磨,苦心地雕琢,才能变成一块块文字的美玉,闪烁出永久温润的光华。

三毛原名陈平,她的父母想让她有一个平安的人生,故给她取了这个名字。可是,她却给自己取名张乐平漫画中的"二毛",从此身如浮萍,浪迹天涯。她的爱人死在非洲的撒哈拉沙漠里,于是,她将自己的灵魂也丢在了那里。

此后多年里,三毛精神上的抑郁和困顿,让她苦不堪言。她强撑着,想给家人和世人一张幸福的笑脸。可是,她是一只失去伴侣的天鹅,形单影只,孤苦无依,余下的生命再没有快乐可言。她将自己挂在

潇洒随想

一双丝袜上,无声地走了。写作为生的女子,自有傲世的才华,却没有平凡女子俗世中温暖的幸福。她注定比常人活得寂寞、漂泊、艰难。她是云端上的紫燕,飞得太高,却一生寒意弥漫。

张爱玲有一个大众化的名字,几乎张口一喊,就有几十人同时应声,但这却掩盖不了她烁烁的才华。

张爱玲用一支笔劈开人生的一条道路,她一直昂着头,一生一世的孤绝清高,满腹芬芳。她的散文语言如同开在池塘中的荷花,左边一朵,右边一朵,让人眼花缭乱,目不暇接。她活在冷艳苍凉的文字里,让人沉醉其中,思绪万千。

这些人虽然离开了人世,但是他们的名字犹如一块发光的金子,时常闪烁在人们眼前,铭记在人们心里。他们留下的文字,散发出醉人的气息,让人流连忘返,迷恋其中,沉醉不知归路。

裙子、女人和夏季

夏日的街头,不管是艳阳和煦,还是细雨飘洒,爱美的女子总是裙裾飘飞。裙子属于夏天,夏天属于女人。不同质地、不同款式、不同色彩的裙子,装扮了女人,也装点了夏季。

在花一样身段、花一样姿态的女人身上,穿着花朵色泽、花朵款式的裙子,使平凡的俗世小女子,变成了翩翩起舞的小仙女。裙子让女人的腰变得苗条了,柔软得像风摆的杨柳;脸色变得红润了,灿若桃花;眼睛变得清亮了,像一汪深潭。身着淡蓝、浅紫、粉绿、洁白等颜色裙子的女人,美丽而纯洁,像初绽的百合;身着鲜红、鹅黄、碧绿、深紫等颜色裙子的女人,美艳妩媚,像盛开的玫瑰。

当夏季到来的时候,女人们结伴而行,不知疲惫地去逛街,光顾大大小小的时装店。她们睁圆眼睛在多彩的裙裾中挑选着,轻轻地揉捏着,感受衣服的质感,铺展开来从头到脚比试。若有了七成买意,便穿上身,照看镜子来回地跨小步走着,左看右看,上看下看,前看后看。然后拉了拉同行的女伴,头靠头轻声慢语地议论着,议论裙子的价格、款式、色彩,议论裙子的穿着效果,随后一起砍价、付款,乐滋滋地提着新衣服接着逛。一路逛下去,一路赏下去,即使一分钱不花,一件衣服不买,快乐也从眼里涨到了心里。

　　我最喜欢看女人穿一身洁白的长裙。洁白的长裙,衬托着女人颀长的身材,如瀑布般披散的长发,齐眉的刘海,古典的鹅蛋脸,精致的五官,浅笑轻颦,莲步轻移,清雅而娴静,高洁而迷离,像一枝盛开莲叶间的荷花,又像是一阕遗落在尘世的宋词。我亦喜欢看女人穿一身白色缎面的印花旗袍。自然旗袍不是谁都穿得的,得有修长的腿,细腻滑溜的肩,盈手可握的小蛮腰。旗袍和女人互相诠释着婀娜妩媚的视觉效果,若是配上腕中玉饰,那么优雅从容的韵味、袅娜多姿的体态,便会更增添几分。

　　夏季,女人和裙子相得益彰,共同舞出美的风采。

新年畅想

伴随岁月轻轻的脚步，在不知不觉中，新年又悄悄来临了。

"爆竹声中一岁除，春风送暖入屠苏。千门万户曈曈日，总把新桃换旧符。"是啊，新年，这举国欢腾的节日，是新的一年的起点，是春天的使者，是春暖花开的前奏。新年一过，大地复苏，万物勃发，风和日丽，春意昂然。放眼望去，又是一年芳草绿。

新年，在人们的意识和情结里，总是与吉祥、快乐紧密连在一起，与团圆、牵挂紧密连在一起，因此我们无论是老人还是小孩，无论从事什么职业，无论在天南还是地北，大家都想着要回家过一个欢乐年，过一个团圆年，正所谓"有钱无钱，回家过年"。

新年，我们更多的是回顾过去，畅想未来。过去的一年里，我们每个人都经历了艰辛、挫折、磨难、失败，也都体味了平安、快乐、顺利、成功……但无论得失，无论丰歉，无论悲喜，我们都走过来了。走过来了，面对新年，我们就是赢家，就是胜利者。展望未来的征程，新的诱惑、新的希望、美好的前景在前方向人们招手。人们不得不让刚刚停留的脚步又重新上路，以饱满的精神迎接新的挑战，去展示那"雄关漫道真如铁，而今迈步从头越"的豪迈；去经历那"年年岁岁花相似，岁岁年年人不同"的人生；去重温那"日出日落三百六，周而复始重头来"的滋味；去体会那"年好过，月好过，平常的日子难过"的无奈。

　　每一次新年，只是人生岁月长河中的一个界碑，是人生历史里的一个逗号。有多少人为了把自己人生的历史写得更精彩，正在执着地、年复一年地付出艰辛和汗水。

　　唱起新年的颂歌，奏响新年的乐章，献上新年的祝福，祝大家新年好！在一年的三百六十五里路上，多少烦恼，多少挫折，多少眼泪，都被这一声问候驱走，前方一片光明，心头阳光灿烂。

春节的韵味

春节,是千百年来中华民族最喜爱的节日,也是最令人陶醉的节日。它像摆在历史果盘里一枚经过了千百年风雨洗礼、凝重清香的金果,让人亢奋,让人品味。

在两千多年前的古代,春节因众人的一种聚会而开始形成节日,以后渐渐成为人们一年四季之后的一次"总结"活动。唐太宗李世民曾在诗中吟咏:"四时运转疾,一夕变冬春。送寒余雪尽,迎岁早梅新。"可见唐代的春节已经体现着强烈的节令感,是春天开始的象征。

在漫长的历史长河里,春节的韵味随着不同的时代不断变化着。燃烛守岁,畅饮美酒,燃放爆竹,张贴春联,合家团圆,其乐融融。当然在那遥远的时光隧道里,也有"一年将尽夜,万里未归人",以及"寒暄一夜隔,客鬓两年催"的感慨之声。

因为春节,再远的旅途也要抢着返程,打点回家;因为春节,再漂泊的心灵也在寻找那盏温暖的灯火……过年放鞭炮、贴春联、亮花灯、舞狮子、年夜饭、串亲友等,是春节民俗文化的表现,也正是这一声声鞭炮、一副副对联、一张张"福"字、一盏盏花灯、一只只狮子、一席席盛宴,还有一份份心灵的抚慰和净化,共同形成了中国春节的物质和精神两个层面的和谐统一。

潇洒随想

　　春节总是凝结了国人太多的向往和期盼。它是一年的过去，又是一年的开始。所以，现在的人们把春节打扮得很时尚，很艳丽，很热闹。衣食温饱早已解决，吃年饭兴起去饭店的热潮，电话问候、短信祝福、网上贺卡、旅游过年，等等，把一个本来很传统的春节变得现代而个性，充满了与时俱进的精神。

心灵撷珠
XINLING XIEZHU

己所不欲,勿施于人

人是有"七情六欲"的,谁不对生活充满了强烈的欲望呢? 不想活下去,要去投水上吊的,只是极个别人,那也是由于被逼得走投无路,无法活下去的缘故。乐意去寻死的人是没有的。人在绝境中,往往还要奋起抗争,寻找求生的前景,探索美好的未来。

但是,不正当的欲望却往往坏事。物欲可以导致贪污盗窃,拦路抢劫;色欲可以使人强奸妇女,行凶作恶;权欲还可以促使人们大搞阴谋诡计,争夺权力。凡是放纵欲望的人,没有不危害别人的,小则损人利己,损公肥私;大则祸乱国家,危害人民。

所以,古今中外的名人学者都提倡节欲。《礼记·曲礼上》说:"欲不可纵。"就是不要放纵欲望,必须节制。朱熹在《朱子大全》中说:"平日操技,庄敬诚实,涵养内心,戒矜躁,去嗜欲。""去嗜欲"就是要去贪欲。列夫·托尔斯泰在日记中写道:"必须不断地记住美德的三项要求:节制、真理和爱。"把节制欲望放在必须不断记住的三项美德的第一项。

当然,我们不是禁欲主义者,像佛教那样,主张"绝欲弃智,习作苦行"。也不能像老庄主义者那样,主张"绝圣弃智"、"无为"、"无欲"。佛教把希望寄托在"天上乐园",老庄哲学则希望复古倒退。实行这种

心灵撷珠

113

禁欲主义,主张"无为"、"无欲",谁还去求创造、求发展?我们主张,欲望不可没有,也不可放纵,而是要节制。凡事都要适可而止,操之有度,过度了,正确就会变成谬误,好事也会办成坏事。正当的欲望,会激发人们的创造热情,有助人们走上成功之路;放纵欲望,贪得无厌,就会危害人民,触犯法律。

节制欲望,要遵循一条基本原则,就是想想自己的行为是否是正当的,能否为别人带来好处。能为别人带来好处的,就是高尚的、美好的;危害别人的行为,就是卑鄙的、恶劣的。孔子说:"己所不欲,勿施于人。"意思是要将心比心,以己及人,凡是别人那样做,自己会不高兴的事,自己就切不要那样去做,即使欲望再强烈也要节制。

对欲望能否有所节制,反映出一个人的生活目标和生活态度。人生的目的,不在于各种欲望的满足。凡动物都有欲望,猪饿了要吃,困了要睡,发情了要性交。如果人活着只为自己,吃喝玩乐,寻求肉体的满足,那么人与一般的动物又有什么区别呢?人虽然也是一种动物,但却是一种高级动物,除了有种种欲望之外,还有精神上的要求,有更高的生活目标。一个人总应该为别人做点有益的事,为社会做出一点贡献。我们如能处处推己及人,处处为别人着想,就能很好地节制我们的欲望。

君子以厚德载物

宽容是一种素质，一种情操，一种美德。宽容不是懦弱、胆怯，而是海纳百川的大度与包容，是笑看风云的开怀与爽朗。

古人云："君子以厚德载物。"意思是说君子应该像大地承载容纳万物那样，以宽厚的品德包容一切。古人又云："不念旧恶，怨是用希。"意思是说不要记过去的仇怨，别人对你的怨恨就会少了。

唐初，魏徵曾支持李世民的兄长李建成反对李世民，但李世民夺取帝位以后，不仅没有诛杀魏徵，反而委以重任。魏徵在职期间，先后向唐太宗李世民陈谏二百余事，涉及政治、经济、军事、文化等众多方面，对匡正唐太宗的决策，起了重要作用。他去世后，唐太宗曾感叹说："人以铜为镜，可以正衣冠；以古为镜，可以见兴衰；以人为镜，可以知得失。魏徵殁，朕亡一镜矣！"唐太宗把魏徵比作可以从中看到自己得失和缺点的镜子，体现了胸怀博大、不念旧恶的明君风范。

战国时，由于护驾有功，蔺相如的官位一路直上，引起大将廉颇的忌妒与不满。面对廉颇的无理取闹，蔺相如宽容地笑而避之，引出一段"负荆请罪"的佳话。从此廉颇与蔺相如携手文武双治，保卫了赵国的大好河山。宽容不但能使自己的心灵宁静，而且能给别人一份精神的抚慰，改善人际关系，化解人与人之间的矛盾，促进群体和谐，利国

心灵撷珠

利民。

　　反观心胸狭窄的人,遇到挫折与不满就喋喋不休,抱怨这抱怨那,纵有天大的本事,也难有建树。东吴周瑜,是十分优秀卓越的军事家,把庞大的东吴水师治理得井井有条,是位不可多得的将才。但他生性好忌妒,面对诸葛亮的神机妙算,虽自知不如却又不甘落败,发出"既生瑜,何生亮"的凄叹后,落了个吐血身亡的凄惨结局。

　　我国历代思想家都主张把宽容作为个人道德修养的重要内容,也作为处理人际关系的基本准则。千百年来,宽容的美德造就了中华民族和谐友爱、宽宏大度的民族性格,是值得我们继承和发扬的。每个人都能够宽容一点,大度一点,我们的生活就会更加友爱、和谐、美好而精彩。

守住乐观的心境

人生在世,忧乐相伴,苦乐相随。人希求常乐,却又避不开忧苦。因为不顺心、不如意的事,总会常常发生,悲观的情绪笼罩着生命的各个阶段。

一位著名的政治家曾经说过:"要想征服世界,首先要征服自己的悲观。"一个人如果一味地沉入不如意的忧愁中,只能使不如意变得更加不如意;如果战胜悲观情绪,用乐观的情绪支配自己的生命,你就会发现原来生活别有一番洞天。征服自己的悲观情绪,便能征服你所遇到的一切困难之事。

既然悲观于事无补,那我们何不换个角度,用乐观的态度来对待人生、善待自己呢?"宠辱不惊,闲看庭前花开花落;去留无意,漫随天际云卷云舒",保持这种心境不是很好吗?

乐观的人,处处可见"万紫千红总是春"、"千里莺啼绿映红"、"百鸟枝头唱春山"、"柳暗花明又一村"、"霜叶红于二月花";悲观的人,时时感到"流水落花春去也"、"东风无力百花残"、"黄梅时节家家雨"、"山重水复疑无路"、"举杯消愁愁更愁"。

一个心态乐观的人,可在茫茫的夜空中读出星光灿烂,增强自己对生活的信心;一个心态悲观的人,让黑暗埋葬了自己,而且越埋越深。

因此，无论何时何地身处何境，都要用乐观的态度微笑着对待生活。在微笑中消除悲观情绪，在微笑中将不利于自己的局面一点点打开。

悲观容易，乐观难。悲观在寻常的日子里，随处可以找到，而乐观则需要努力，需要智慧，才能使自己保持一种人生处处充满生机的心境。悲观会使人生的路越走越窄，乐观会使人生的路越走越宽。

守住乐观的心境，"不以物喜，不以己悲"，就能看遍天上胜景，览尽人间春色。

给人以宽容和谅解

当年,一寺院长老在高墙边发现了一把凳子,他猜是有人借此凳翻墙到寺外去了。长老搬走了凳子,自己蹲在墙边等候越墙人的归来。果然,午夜时分,外出的小和尚翻墙而入,让小和尚感觉不对劲的是,凳子变成了人的肩膀。小和尚定神一看是长老,吓得落荒而逃。在以后的日子里,小和尚总是谨小慎微,忐忑不安,等待着长老的处罚。时间一晃近一年过去了,长老从未提及此事,小和尚逐步体会到了长老的宽大胸怀与为人处世的艺术,于是更加自觉地加强修身养性。数十年后,小和尚也成为一名德高望重的长老。

当年,英国王室为招待印度土著民族首领,举行了盛大的宴会,参加宴会的人彬彬有礼,谈笑风生,气氛和谐融洽。但就在宴会进行到一半时,却发生了一件让很多人不知所措的事:侍者给每个人端上一大碗水,本是用来清洗有泥的手的。印度人误以为是用来喝的,不假思索地端起来一饮而尽。同席的人被这一举动弄得个个目瞪口呆,不知所措,身为宴会主持人的公爵看在眼中,计上心来,一边与客人自然地交流,一边很得体大方地也把摆在自己面前的一碗水,端起来一饮而尽。其他陪客也都心领神会地喝了下去。于是,宴会在欢快的气氛中继续进行。

心灵撷珠

　　前一故事中的长老,如果抓住小和尚的错不依不饶,施以严厉的处罚,按说也合法度,同样能起到警告、教育小和尚的作用,但显然不如故事中长老"随风潜入夜,润物细无声"的做法更文明、更艺术。后一个故事中英国公爵"将错就错"地给人以台阶,既未构成对任何人的伤害,又营造了宽松愉快的心情和气氛。

　　俗话说,人非圣贤,孰能无过。对多数人来说,谁都不想说错话、办错事。但往往事与愿违,也就是说,谁都有说错话、办错事的时候,因为"智者千虑,必有一失",况且大千世界芸芸众生中多为凡夫俗子呢!既然如此,如何面对他人的一时过错、过失,就必然成为人们为人处世的一个课题和一门艺术。

　　前面所述的两则故事,为我们提供了很好的借鉴。当一个人因一时冲动或偶尔疏忽,说错了话,办错了事,本已后悔不迭,感到难堪和尴尬,这时,就需要我们多给点宽容和谅解,少一点谴责和抱怨,或者帮其打个圆场,给个台阶,使其尽快走出尴尬的窘境。这样,不仅能有效地融化冰霜,而且能给人检点失误、反思过失的回旋余地,让其感到人与人之间的友爱与宽厚,并更加强烈地激起内心的自省和自责,避免错误和失误的再次发生。

人要活得安然

　　安然,实际上是一个人的内心,从狭小走到辽阔,从狂乱走到沉静,从复杂走到简单,能容、能忍、能让、能原谅,平心静气,无欲无求,是至高的人生境界。

　　安然的人拿得起、放得下,想得明白、看得开,过得洒脱。一个人若是思想通透了,行事就会通达。世俗的名与利,不是不要,而是无论得到或是得不到,得到的是多还是少,都不在乎。

　　安然的人没有紧蹙的双眉,没有忧愁的苦脸,外部的物质世界诱惑不了他、撩拨不了他、打动不了他,自然就不能左右他。再紧急的事,也能从容不迫地处理好;再撩人的事,也能云淡风轻地过去;再痛苦的事,也能轻拢慢捻地度过。

　　真正的安然,一定经过命运一次又一次的荡涤,一定经过生死离别的考验,一定经过爱恨情仇的折磨。一切都熬过去了,一切都经历了,生命的底色,增了韧,淬了钢,添了柔。这时候变得安然的生命,已经沉静到扰不乱,稳健到不动摇,淡定到心如止水。

　　一个人,活得幸福,才是王道。幸福之外的任何东西,譬如金钱,譬如权势,譬如荣誉,都是人生的附属品,等到老去,回首一生,不过是过往的烟云,一回眸,便全散了。人是否幸福,不是你得到多少,拥有多少。我觉得在一个真正安然的人的心底,有一种感觉,尽管不强烈,淡淡的,却更容易让人产生绵延的幸福感和满足感,那就是他们心底里的那份安定与从容,平和与泰然。宠辱不惊,闲看庭前花开花落;去留无意,漫随天际云卷云舒。

生命真正的味道,只有你活得安然,才能体会出来。

拥有一颗恬静淡泊之心

路过街头，看见几个人围着一盘象棋，静静地消磨时光。街边车水马龙，行人匆匆，为生活而奔波，为名利而寻找。而这些聚在一起的人，凝视楚河汉界，享受那份安静、悠闲、恬适、淡定、陶醉。

宋代诗人赵师秀写过一首《约客》诗："黄梅时节家家雨，青草池塘处处蛙。有约不来过夜半，闲敲棋子落灯花。"赵师秀虽是宋代才子，但在官场并不得意，被人排挤、污蔑，他终于看破功名，隐居村野，这首诗就是他隐居时所作。苦等棋友不至，却有着不急不躁的那份耐性，若没有一定的修养是难以做到的。

现代社会，充斥着浮华与欲望，想求恬静、淡泊之心的人实在太少了。有人虽然向往高人雅士的淡泊心境，却始终不能进入，只是叹息，不是觉得那境界太高了，而是觉得自己没有那份性情。这些年来，我所接触的人中，有高官厚职的，有事业快意的，有财大气粗的，有夜郎自大的，有夸夸其谈的。殊不知，人世漂浮一番之后，未必所有的人都能称心如意，只有那适者才在高处生存下来，大多数人都只不过是黄粱一梦，南柯一游。那些整天为争权争名争利而奔波忙碌的人，心境根本不能和街头棋摊边的几个弈者同日而语。只有官欲权欲云消，名欲利欲雾散，才能猛然惊醒过来，也许在自己年迈的时候，才会有一种淡然心境。

　　恬静淡泊人生其实就是精彩人生,如那街头棋局对弈人,那过程中的玄机比任何结果都有意义。拥有一颗平常心,保持恬静淡泊,犹如品茗饮酒,或苦或甜,亦辛亦涩,经过一番仔细品味之后,方能感知到人生的大乐趣。

语言是心灵的泉水

语言是人与人相互接触时，传达信息、交流思想的工具。我们天天都在说话，每个人都离不开语言。如果说眼睛是心灵的窗户，那么，语言就是心灵的泉水。

我们怎样让语言这个心灵的泉水更加清澈呢？除了学习语言，使语言准确表达、生动活泼外，还要注意运用礼貌语言，如注意避讳，恰当运用尊称和谦称，正确使用委婉词语，剔除粗俗语言，这样语言才会高雅起来。

这里所说的委婉词语，就是要说得好听一些、含蓄一些，让人们喜欢听又容易接受。如把丈夫称为"良人"、"先生"，把妻子称为"内助"、"夫人"，将"你姓什么"说成"您贵姓"等，都是生活中常见的委婉词语。我国古代说话是有禁忌的，有的话不能直接说出来，为了避讳，就用另外的词语来代替，于是就出现了委婉语言。有些语言直接说出有伤大雅，于是把"拉屎"委婉了一番，说成"大便"、"大解"、"上厕所"，后来仍觉不雅，又说成"上洗手间"。

讲究语言的高雅，运用一些委婉词语是可以的，但不要咬文嚼字，故作高深，甚至滥用尊称、谦称，这样反而弄巧成拙。从前，有一个秀才去买醋，老板问："先生要买点什么？"秀才答："吾需醋也者。"老板问：

心灵撷珠

"醋就是醋,哪来也者?"秀才说:"无也者,何来酸气!"这秀才故作文雅的语言,分明是雅气不足,酸气有余了。

我们常用的语言,确有雅俗之分。有些话的意思一样,表达的语言不同,有的就文雅,有的就粗俗。如参加朋友的婚礼,已近深夜,动员大伙离开洞房,如说:"我们走吧,好让新郎新娘睡觉!"就比较粗俗。如改口说:"我们走吧,良宵一刻值千金啊!"或说:"可能新郎、新娘心里在下逐客令了,快走吧!"就文雅一些。

要做到语言美,首先要剔除语言这个心灵泉水源头的杂质,即做到心灵美。愿我们的心灵美如明镜,语言清如泉水。

知足与不知足

有人说"知足者常乐",这个观点是小生产者不求进取、容易满足、安于现状的处世哲学。但仔细想来,也未必尽然。

现代社会强调竞争,竞争就要不知足,才能从竞争中取胜。这固然是有道理的,但是我们所讲的不知足,主要是在学习上、工作上、事业上、贡献上的高标准,追求高水平。要不断地有所进步,有所提高,有所发明,有所创造,有所奉献,不能永远停留在一个水平上。在这一方面"知足者常乐"是有害的。

我们所讲的知足,主要是在个人的利益上,应当适可而止,知道满足,公而忘私。一定阶段的地位、待遇、生活水平总是有一定限度的,人与人之间也总是有差距的,该知足时则知足。倘若永无知足感,今天嫌待遇少,明天嫌级别低……整天牢骚满腹,还有什么快乐可言呢? 个个像鸟眼鸡一样,盯住名利和地位,还有多少心思去追求学业、事业和贡献呢? 试想在茫茫的戈壁滩上,原子城和航天城的学者们,如果天天考虑环境差、生活苦,我国的核工业和航天事业还能发展吗?

有的人明明是待遇挺高,与自己的能力相称,却自以为才高八斗,伸手要权要钱,发牢骚,骂大街;还有的人,明明是嘴尖皮厚,腹内空空,却好高骛远,大事做不了,小事又不做,到头来一事无成;更有那些贪得无厌之徒,利欲熏心,不惜铤而走险,以求满足,最终落入法网,甚至命丧九泉。这种不知足,究竟有什么好处可言? 有什么快乐可言呢?

在西方国家里,社会竞争遍及每一个角落,大家都以不知足为乐,欲望膨胀,欲壑难填。一方面是我压倒你,而同时又夹杂着怕你卷土重来、怕你又吃掉我的忧虑。欢乐与忧虑为伍,给人们增加了巨大的精神压力,精神疾病发病率扶摇直上,自杀人数有增无减。我想,在社会发展过程中,总是应该尽量避免这类情况发生的。

一个有志于人民事业的人,一方面,在个人的名利地位上,要超脱一点、淡定一点、豁达一点,不要过分计较、自寻烦恼,精神愉快地去学习和工作,就叫作"知足者常乐"吧! 另一方面,在学业上、事业上,要勤奋一点、刻苦一点,锲而不舍,以进取为乐趣,以奉献为乐趣,就叫作"不知足者常乐"吧。

美好性格是可塑造的

在现实生活中,我们会碰到各种性格的人。有的人勇敢而坚定,会使面临困难的人坚定信心;有的人机智而沉着,会使处于动荡形势下的人感到踏实;有的人热情而富于同情心,会使人感到温暖;有的人博学而谦虚,会启迪人们的智慧;有的人文雅而高洁,会使人忘掉俗气;有的人正直而开朗,会使人没有顾忌。与这些有美好性格的人在一起,你会感到生活的乐趣、事业的美好、前途的光明。但有的人走到哪里,哪里的人就会感到别扭和难受。当那些阴郁、孤僻的人,怯懦、动摇的人,骄傲、放纵的人,褊狭、多疑的人,同你在一起的时候,你可能会感到别扭、乏味,甚至是不愉快。

人的性格是在人们生理素质的基础上,在社会实践中逐渐形成的,而且随着一个人社会实践的变化而发生变化。有人说:"江山易改,本性难移。人的性格是娘肚子里生下来就有的,是改变不了的。"这种说法未免有些片面。性格与生理素质有着密切的联系,但对一个人性格起决定作用的,还是社会因素,是他的社会实践。

南宋著名民族英雄岳飞,在他那首气势磅礴的《满江红》词里写道:"靖康耻,犹未雪;臣子恨,何时灭! 驾长车,踏破贺兰山缺。壮志饥餐胡虏肉,笑谈渴饮匈奴血。"这种英勇无敌的性格,并非是生来就有的,而是在国家和人民处于危机之中，由对敌人的无比仇恨、对国家和人民的无限热爱所激发出来的。

性格是可以塑造的，美好的性格要通过自己的美好行为来塑造。骄傲的人可去拜访名人、伟人，或者读读他们的著作，就会惊叹他们的才智和人格有如高山、大海，自己只不过是一颗沙粒，一滴水珠。"学然后知不足"，不断学习，就会变得谦虚起来。陈毅同志说得好："九牛一毛莫自夸，骄傲自满必翻车。历览古今多少事，成由谦逊败由奢。"

孔子是很讲究美好性格的塑造的，他在《论语·先进》里曾说："求也退，故进之；由也兼人，故退之。"意思是讲他的学生冉求胆小，遇事退缩，所以要给他壮壮胆；仲由胆大，办事粗鲁，所以要经常制止他。孔子是个大教育家，他根据不同的人"因材施教"，把他们的性格塑造得美好一些。

我们每个人都可以通过社会实践，加强文化科学知识学习，增加阅历，增长才干，来塑造自己美好的性格。

江海称其大者，以无不容

宋仁宗时期，名相富弼一次平白无辜遭人谩骂，有人告诉他说，谁谁在骂你，富弼听后回答说："大概是骂别人吧。"那人继续说："是指名道姓地骂，怎么是骂别人呢？"富弼想了想回答："恐怕有人跟我同名同姓吧。"事后，因误解而骂富弼的人，闻之大惭，赶紧找机会向富弼道了歉。从这个故事里，我们不难看出宽容是一种大智慧。

由于各种主客观原因所致，每个人都会有这样或那样的过错。如果在日常相处中，对别人的过错能以宽容的态度对待，就等于给对方提供了改过的机会。一旦我们有了过错，也会得到别人的宽容和理解。

唐朝的韩愈和柳宗元在政治见解和文学见解上，有很多不同观点，两个人几乎论战了一生。但当柳宗元去世以后，韩愈怀着哀痛的心情，写下了《柳子厚墓志铭》，赞扬了柳宗元的高风亮节。

胸有大志，就不会计较小事，不争一日之长短，不争一言之褒贬，就能体谅别人，能容忍别人的不同观点和缺点。正如冯梦龙在《增广智囊记》中所言："智不足，量不大。"古之成大器者，都是有智慧的，都是有气度的。

人非圣贤，孰能无过？宽容无疑是一种美德，这已经成为大家的共识。宽容更是一种人生智慧，一种处事的境界，使人带着自信的微笑面

心灵撷珠

对人生。

　　一个人，一旦拥有了宽容，便拥有了广阔的胸襟，便拥有了巨大的人格魅力。

　　在现实生活中，有人被误解时，仍能宽宏大量，泰然处之；有人被别人无意伤害时，还能体谅、尊重他人的感受。这些人都拥有一颗宽容的心，时时处处都能善待他人。正所谓"天称其高者，以无不覆；地称其广者，以无不载；日月称其明者，以无不照；江海称其大者，以无不容"。

人生之三种境界

人生要有三种境界,即沉得住气,弯得下腰,抬得起头。

一曰沉得住气。人生旅途,难免有失意和得意,有逆境和顺境,有低谷和高峰。在不同的境遇中,尤其是身处逆境中,怨天尤人,诅咒命运的不公,都是沉不住气的表现。沉得住气是一个人睿智的彰显,是一个人成熟的标志。人在旅途中,宛如茫茫大海中的一叶小舟,只有自己从容驾驭,直面前方的惊涛骇浪,才能乘风破浪,驶向理想的彼岸。

二曰弯得下腰。弯得下腰就是做人要低调谦卑,能屈能伸。古人韩信胯下弯腰,成就了大汉四百年的基业。可见,弯腰是一种姿态,是一种内心的境界,也隐含着一个人内心的自信。翠竹因弯腰而坚忍不拔,稻穗因弯腰而丰硕厚重。

三曰抬得起头。抬得起头是说人无论身处逆境还是顺境,都要保持一种乐观进取的心态。然而,抬得起头,不是盛气凌人,而是谦逊待人;不是以己之长,比人之短,而是正视自我,见贤思齐;不是因己之拙,忌人之能,而是自知之明,后发赶超。简言之,抬得起头,就是要正大为先,诚恳为贵,通达为怀。

质本清来还洁去

浙江桐庐有一座山水秀丽的桐君山。

关于这座山有着美丽的传说。据说在古时候,山上长着一棵郁郁葱葱的桐树,树下有位老人,悠然自得。有人问其名,老人一笑指桐为姓,桐君由此而得名。又传说这老人医术高超,妙手回春,在当地百姓中有口皆碑。今人在游山玩水之时,能够发"思古之幽情",实在颇有趣味。

桐君山的最妙处,我以为还是登上此山的山巅,到八面来风的"四望亭"中,俯瞰山下的美景。山脚是彩练似的富春江和玉带样的天目溪,两江合流之处,只见江面上被一道明快的分水线一分为二,左边的富春江,浊流滚滚,右边的天目溪,碧波盈盈。这一番泾渭分明、激浊扬清的场景,让身临其境的人生出一种高雅的情怀和旷世的豪气。听当地的老乡说,每当夏季发洪水的时候,富春江的浊流凭借天时地利,扩充地盘,疯狂地想吞并整条天目溪的清流。而清流总是奋力抗争,推涛兴浪,以清驱浊,至死不肯同流合污,仍然是一条碧波浩荡的清流。

记得南北朝时期梁朝文学家任昉,看了陕西境内的泾河、渭河清浊相争之后,以诗言志,留下了"伊人有泾渭,非余扬浊清"的诗句,字里行间,深刻地表现了对清浊之流爱憎分明的情感。

半江碧水半江浑,一分春色一分秋。为人处世,也应该堂堂正正,质本清来还洁去,不叫风骨付浊流。一如清溪清流,始终坚定自己的信仰,一路高歌前进,浩浩荡荡,扫涤污泥浊水,保持清流本色。即使乌云蔽空,浊浪冲天,也不做同流合污之辈。我们的社会应当倡导这种清流精神,弘扬这种清流精神,赞美这种清流精神。

自信而不自负

　　自信,是人的一种优秀的品质,是一个人学业、事业取得成功的重要条件之一。古往今来,有很多伟人人物凭着一股超人的自信心,创造了伟大的业绩。

　　当门捷列夫发现元素周期律的时候,许多人反对他,甚至他的导师也嘲笑他,但他坚信自己是正确的。后来,他的研究成果终于被科学界承认,并引起广泛的重视。

　　还有居里夫人、诺贝尔……如果不是他们以顽强的自信心,攻克了一个又一个难关,也许我们现在还不知镭、炸药为何物,元素周期表是怎么回事呢!

　　当年,萧伯纳曾用九年的时间,写了五部文学作品,但都被出版商退了回来,这期间他得到的稿酬总共不过六英镑。但他毫不气馁,充满自信,更加勤奋地写作,终于成为英国著名的文学家。

　　成功者的经验告诉我们:自信,是通向成功的必由之路。每个人,即使是平凡的人,他们身上也具有某些别人所不具备的潜在长处和能力。而且一般说来,大自然赐予每个人的天赋基本上差不多,而如何发现、发挥这种天赋,人与人之间就出现了差异:自信的、顽强的,干出了一番事业;自卑的、懦弱的,一事无成。

当然,自信不等于自负。自负的人往往狂妄自大,听不进任何意见,就像《三国演义》里的马谡,结果只会害了自己,毁掉事业。自信的人都谦虚谨慎,不断学习,不断充实自己,最后超越别人。自信的人会在失败中奋发,从失败中吸取教训,东山再起;自负的人在失败面前永远是弱者,必然一蹶不振。

　　我们每个人都要清醒地认识自己,树立自己的自信心,始终保持自信而不自卑,自信而不自负。要知道人的一生中,会遇到很多困难、挫折、失败,但只要相信自己,勇于拼搏,成功就在眼前。

友情如酒似茶

有人说,友情如酒,经历的岁月愈久便愈香;有人说,友情似茶,那味淡而不浓,但却沁人心脾。

友情在人们生活中占有十分重要的地位。友情能使我们彼此交流,倾吐心声,畅叙情感,加深了解;友情能使我们相互切磋,相互砥砺,取长补短,共同进步;友情能使我们相互惦记,彼此关爱,增添生活乐趣,使生活丰富多彩。

的确,一个人在社会生活中,如果没有可倾吐心声的知音,没有"心有灵犀一点通"的至交,没有情同手足的伙伴,没有可披肝沥胆的诤友,必然会感到孤独和无助。

一曲阳关三叠,飘出缕缕情愫;一支高山流水,奏出幽幽心曲。人生难得一知己,千万知音难寻觅,所以我们要好好珍惜这难得的缘分,珍惜这来之不易的相聚、相识和相知,珍惜这真挚的友情。古人如是,今人也该如斯。

真正的朋友之间不需太多的客套,更容不得半点虚假。真正的友情更重视的是朋友之间内在情谊的深厚真挚,而不在乎其外在形式是否华美艳丽。

也许你和好友不能长久地共处一地,但你与好友彼此间的深厚友情,却永远不会因双方"各在一方"而有所改变。正所谓海内存知己,天涯若比邻。

依依不舍的挥手相送,"长亭更短亭"的伤心别离,都是友情至真至纯的明证。虽然有时会"此地一为别,孤蓬万里征",虽然有时会"劝君更进一杯酒,西出阳关无故人",虽然有时会"念去去千里烟波,暮霭沉沉楚天阔",虽然有时会"夕阳西下,断肠人在天涯",但是,只要怀揣好友的关爱与祝福,又何愁前路无知己?又何必因为暂时的别离而在"歧路"上泪沾衣巾呢?

真正的友情是一杯绵厚醇香的酒,真挚的友情是一杯清香淡雅的茶。

保持适当的距离

在这个大千世界上，不管是物与物、人与人、人与物之间，都应该保持一定的距离，因为距离产生美。

物与物之间需要保持适当的距离。植物之间如果距离太近，会因营养缺乏而畸形或枯萎；车辆之间如果距离太近，会产生摩擦或碰撞而发生不良后果，所以我们在车辆的后部常常会看到：请勿吻我！

人与人之间同样需要保持一定的距离。同事之间，距离是友好；朋友之间，距离是爱护；亲人之间，距离是尊重；爱人之间，距离是美丽；陌生人之间，距离是礼貌。这距离的远近还得靠一个人用智慧去把握，原则是让自己愉快、别人轻松。人世间有许多情感都毁在这个距离上。太远显得生分，太近又生出矛盾。适当的距离，其实就是彼此爱护、彼此尊重，能够随时退一步的海阔天空。

人与物之间也需要保持一定距离。正在操作机器的工人，如果手距离机器太近，容易出现事故，产生身体伤害；到庐山旅游的游客，如果在山下远看，能够领略到庐山峰峦起伏、高大雄伟的壮观景象，但如果登上庐山去近看，则欣赏不到那种壮观的景象了，真可谓是"不识庐山真面目，只缘身在此山中"。

人与人之间，保持适当距离，就是给对方的心留下一片空间，我们没有权力侵犯别人的隐私，也是给自己留下一点缓和的余地，以免距离太近，交往过热招致别人的反感。保持适当距离，也是我们表达爱的最佳方式。爱不是枷锁，爱不是牢笼，爱不是手段，爱是沟通的心桥，爱是心灵的相印。距离就提供了这样一个空间，里面有自己，也有别人，可以相处轻松，合作愉快。两个相互爱恋的人并不是在同一个空间里，而是在各自的空间里，相互保持一定的距离，就是有朝一日走的路不再相同，也能够问心无愧地分手告别。

　　没有距离的相处，是最容易出问题的，往往只想着自己，顾及不到别人的感受。就算是爱，也常爱得霸气，爱得富有侵略性，爱得富有占有性，不仅要占有对方的肉体，还要占有对方的灵魂，这样的爱，能走多远？即使勉强生活在一起，也是同床异梦。当我们最终在爱里失去了别人，失去了自己，也失去了世界的时候，你就会明白，距离原来是爱的翅膀。世界上的一切都因距离而变得和谐美好。

心灵撷珠

纯洁而崇高的友谊

结交朋友，是人们生活中的一个重要组成部分。朋友有好有坏，交友要慎重。孔子在两千多年前就提出了这个问题。他说："益者三友，损者三友。友直，友谅，友多闻，益矣；友便辟，友善柔，友便佞，损矣。"意思是讲，交有益的朋友有三种，交有害的朋友也有三种。正直的朋友，讲信用的朋友，知识渊博的朋友，对你是有益的；而善于花言巧语的朋友，当面奉承、背后诋毁的朋友，专讲空话、不见行动的朋友，对你是有害的。孔子这番话，今天仍有值得我们借鉴之处。

真正纯洁而崇高的友谊，不但彼此能够贫贱相扶，患难与共，而且可以生死相托，在任何恶势力面前，也不会背弃自己的朋友。唐代杰出的文学家柳宗元和刘禹锡，就是一对这样的朋友。他们同是唐代永贞改革集团成员，改革失败后，二人两次同时遭贬。第二次柳宗元被贬柳州，刘禹锡被贬播州（今遵义市）。刘禹锡有八十高龄的老母要随身奉养，到这样荒僻边远的地方是不可想象的。这时，柳宗元一心想到的是朋友的困难，决心帮助他克服困难，但这样做要冒"忤旨"的风险呢！幸亏裴度从中帮助，才终于使刘禹锡改贬连州（今广东连县）。这件事充分表现了柳宗元在恶势力面前，也不背弃朋友的珍贵友情。后来柳宗元在柳州饮恨而逝，遗下孤妻弱子，这时刘禹锡也尽力相助。他帮助抚养亡友六岁的幼子,帮助整理亡友的遗稿,编纂成集,写前言介绍柳宗元的生平和他在文学上的巨大成就,表现了对亡友的深切情谊。

真正纯洁而崇高的友谊,还表现在道义相抵、学业相砥上。唐代大诗人白居易和元稹之间的友谊,就是如此。白居易为了继承和发扬《诗经》和汉魏乐府以来的文风,提出了用通俗形式写诗歌的主张,并亲自实践,这就是被后人称之为"新乐府"的诗歌。当时首先起来支持、效法白居易的,就是元稹,两人遂成莫逆之交,一起相互砥砺。白居易在《与刘苏州书》中谈到元稹时说:"然得隽之句,警策之篇,多因彼唱此和中得之。他人未尝发也。"表现了他对元稹的深厚感情。后来彼此赓和,写了大量新乐府诗歌,一时被称为"元和体",结成集子出书,便是至今流传的《长庆集》,从而形成一个新的诗歌流派,对中国诗歌的发展产生了很大的影响。

友谊应是朋友、挚友、战友之间,在工作和学习上,在艰难困苦之中,由于相互帮助和支持而建立起来的一种美好感情。它有时比天然的亲属之情显得更珍贵,比缠绵的情侣之间的恋情和甜蜜的夫妻之间的爱情,有着更宽广、更严肃的内涵。

心灵撷珠

交友贵在诚与敬

古往今来,中国人都讲究交友待客之道。这个"道"就是贵在"诚"和"敬"两个字,即提倡以诚心和敬意对待客人和朋友。

孔子在《易·系辞传》中说"上交不谄,下交不渎",就是说不低声下气,又不高傲怠慢。《礼记》中说:"不失足于人,不失色于人,不失口于人。"意即不要出现行动、态度、言论上的错误。明朝学者薛瑄,在他的《读书录》中说:"虚心接人,则与人无忤;自满者反是。"他把虚心看作交友待客的根本。

我国古代,有不少尊客爱友的佳话。《史记》记载了廉颇负荆请罪,廉颇与蔺相如成为"刎颈之交"的故事。后人把"刎颈交"称同生死、共患难的朋友。三国时孙策和周瑜从小就是好朋友,此后友情与年岁俱增。《列子·汤问》中写道:伯牙善鼓琴,钟子期善听。伯牙鼓琴,志在高山,钟子期曰:"善哉,峨峨兮若泰山!"伯牙鼓琴,志在流水,钟子期曰:"善哉,洋洋兮若江河!"相传子期死后,伯牙不再鼓琴,因没有了知音。后来"高山流水"便成为知音、知己、挚友的象征。

古代"文人相亲"的故事很多。晋代陆凯折了一枝梅,交给驿使,嘱他带给范晔,说:"江南无所有,聊寄一枝春。"唐代诗人王维折了一枝柳,送给去西安的友人,说:"西去阳关无故人,见柳如见故人面。"后来书上缩写"折梅"、"折柳",都是表示友情为重的美词。李白是一个十分敬重朋友的人。李白在桃花潭附近一位朋友汪伦家里做客后,专门写了一首诗:"李白乘舟将欲行,忽闻岸上踏歌声。桃花潭水深千尺,不及汪伦送我情。"可见李白的交友之道是很高尚的。

我国有讲礼貌的传统,流传下来称颂友情的专用语不少。如称你我同心为"金兰",称朋友相助为"丽泽",尊父亲的朋友为"父执",称自己的朋友为"莫逆",用"肝胆相照"、"同舟共济"、"情同手足"称朋友间感情之深。

心
灵
撷
珠

真真友人心

　　人生，有一幅风景，不可观看，不可触摸，但时时能感受到它温暖的气息。设置这一幅风景的是谁？是远方的朋友。

　　大千世界，芸芸众生，就因世间一种奇妙的缘分，安排了两个人的相识、相处、相知，铸成一份永不泯灭的真诚，一缕时时刻刻的牵挂。

　　相守不一定亲密，相离不一定疏远。远隔千山万水的人，可能息息相通；近在眼前的人，可能形如陌路。

　　青山含笑，绿水含情。四季有冷有热，但友谊始终如夏天一样火辣炙热；四季花开花落，而友谊始终像春天一样绚丽温馨。

　　下雨的时候，朋友会为你撑一把雨伞；刮风的时候，朋友会为你遮一道屏障；艰难的时候，朋友会为你喊一声加油；彷徨的时候，朋友会为你捎一缕阳光；疲惫的时候，朋友会为你送一个春天；苦闷的时候，朋友会为你掬一捧清泉。在坎坷的旅途上，因为有了友人的慰藉，心头郁闷化作漫天彩云，脚步才迈得矫健轻盈……

　　有了心与心的交融，有了情与情的编织，平淡的生活才多了几丝我们追寻的亮色，平凡的世界才多了几处我们拥抱的美景。

　　漫漫人生路，真真友人心！

人生同行的旅伴

跋涉于茫茫苍苍的人生森林，需要一个同行的旅伴——朋友。

朋友是珍贵的财富，友谊的光芒能够照亮孤寂的心灵。

挽一份浓浓的友情。孤灯冷月的寂寞，是一种生命的情调；艰难险阻的挑战，是一次快乐的尝试。没有朋友的岁月，留给生活的只有苍白、孤寂、空虚和无奈。

朋友是一种奇妙的催化剂，把快乐与朋友共享，就可以收获两份快乐；将忧愁与朋友共同分担，便可以减去一半忧愁。

于是，为寻求千古赞誉的真情，为许下"有福共享，有难同当"的豪言壮语，多少人在苦苦追寻那一份最纯最真的情谊，留下"人生得一知己足矣"的感慨，只求失意时能得到些许真诚的回报。

友情需要缘分，所以才有"白首不相知"的遗憾，也才有"倾盖如故"的美谈。但友情更需要真诚，只有将心换心，献出真诚，你才能赢来朋友，收获友情。

心
灵
撷
珠

147

是喜欢还是爱？

　　爱和喜欢是两个意思很近似的词,但细细揣摩一下,就会知道二者是有区别的。当男女在一起时,常常听到他(她)说,我喜欢她(他),或者我爱她(他)。然而,喜欢终究不是爱,但也有可能发展成为爱。如何判断男女之间的心灵感应究竟是喜欢还是爱呢?

　　当你与他(她)四目相对时,如果你会含羞,说明你对他(她)是爱;如果你只会微笑,说明你对他(她)只是喜欢。当你站在他(她)面前时,如果你的心跳会加速,说明你对他(她)是爱;如果你只感到开心,说明你对他(她)只是喜欢。当你和他(她)说话时,如果你觉得难以启齿,说明你对他(她)是爱;如果你觉得无所顾虑,说明你对他(她)只是喜欢。

　　男女之间相互喜欢,是一种心情;男女之间相爱,是一种感情。你看到你爱的人哭,你会跟着伤心,但你看到你喜欢的人哭,你只会安慰他(她)。当你不想再爱一个人时,你要闭上眼睛并忍着泪水;当你不想再喜欢一个人的时候,你只要扭头就走就可以了!

　　男女之间相互喜欢,是一种浅层次的直觉;男女之间相爱,是一种深层次的感觉。喜欢一个人,特别自然;爱一个人,特别坦然。喜欢一个人,只有不在一起的时候,才惦记着对方;爱一个人,哪怕天天在一起,每一分钟也都在思念。喜欢一个人,你不会想到你们的将来;爱一个人,你们常常在一起憧憬明天。喜欢一个人,当你想起他(她),你会微微一笑;爱一个人,当你想起他(她),你会对着天空发呆。喜欢一个人,你要的只是今天;爱一个人,你期望的是明天。喜欢一个人,你只看见他(她)的优点;爱一个人,他(她)的缺点你也喜欢。喜欢一个人,你和他(她)在一起时,永远是欢乐;爱一个人,你和他(她)在一起时,你会常常流泪。喜欢一个人,可以停止下来;爱一个人,即使停止下来,心却无法休止。喜欢一个人,是一杯糖开水,里面只透着浅浅的甜;爱一个人,是加过糖的咖啡,苦中的甜才有质感。

喜欢很简单,爱很复杂。喜欢你,却不一定爱你;爱你,就一定很喜欢你。喜欢和爱仅一步之遥,而这一步,就是喜欢与爱的区别所在。

心
灵
撷
珠

朋友，我们同行

岁月悠悠，往事悠悠。

来去匆匆，未来得及细看风景，我与你结伴只顾往前行。

走在同一条布满荆棘的小路上，纵然许多人说此路艰险，我们仍会前行。

蓦然回首，走过的路曲曲折折，两行脚印，一半是深，一半是浅。相视一笑，风雨中，我们依旧同行。默默无声中，留一刻空白，体味胸中的激情……

无意追寻自己的过去，也许落花的日子，并不都是风寒之时。朋友，别忘了，有我与你同行。

我要告诉你，心是自己的，梦是自己的，双脚也是自己的。走吧，走向自己的星空。

时光匆匆，朋友，我们同行……

爱情与人生

爱情是花,人生是土地,人人都在自己的土地上,培育着自己的爱情之花。人生是短暂的,所有人的人生都是有尽头的,只有爱意可以绵延不绝,世代流传,没有尽头。

传说中的爱情故事固然凄美,却难以复制。种种经典的爱情故事和情节,如梁山伯与祝英台、孔雀东南飞等,几乎尽人皆知,如镜花,似水月,只能让人们远远观看,不能近瞧。

这些爱情故事任岁月冲刷也不会苍老,任后人评说也不会厌烦。

智者坦然地经营自己的爱情,从容走进围城,历久弥坚的爱情,足以抵御围城内外的风风雨雨,走过人生的富贵与贫困、繁华与艰辛。

愚者往往把爱情当作改变人生的砝码。他们觊觎爱情中的得失,婚姻里的财产。在他们眼里,爱情就是野心家的掘进器,就是政客向上攀升的阶梯,就是商贾交换的代价。

爱情点缀着人生,人生承载着爱情。有的人的人生之所以显得丰盈而华美,是因为他们虔诚于爱情,执着于爱情。有的人的人生之所以显得苍白而灰暗,是因为他们钻营于爱情,对爱情别有用心。

人生的美不在于能否获得完美的爱情,而在于爱情如何把人生点缀。人生只有一次,不能涂抹修改,不能死而复生。爱情可以重新再来,凋谢的花可以重开。

　　爱人者,皆有人爱,爱者的心越纯洁,爱情之花就会开得越鲜艳。而人一旦缺少爱情,人生便失去了一半的华彩。

　　人生不过百年,爱情各有精彩。

感谢父母之恩

有一种爱最伟大,有一种爱最崇高,有一种爱最纯洁,有一种爱最无私,这种爱就是父母对儿女的爱。

父母亲,有时他们的心像浩瀚的大海,宽广、深沉,容纳着儿女的欢乐和悲伤;有时他们的心像丝丝细雨,轻柔、细腻,蕴含着对儿女的脉脉深情;有时他们的心像悠悠的春风,和煦、清新,吹散了儿女心中一切烦恼和忧愁。儿女有了欢笑,就是父母最开心的事;儿女有了痛苦,就是父母最牵挂的事。父母之爱,深如大海,重如大山。因此,不管父母是贫还是富,地位是高还是低,也不管知识水平如何,个人素质如何,父母是儿女最大的恩人,是儿女永远值得去爱的人。感恩吧,感谢父母的养育之恩。

感恩父母要从"心"开始,从现在开始,从小事做起。譬如:父母的生日、父母衣服的尺寸、父母穿的鞋的码数、父母喜欢的花卉、父母喜欢的水果、父母的兴趣爱好、父母喜欢的消费品,等等,知其心,顺其意,这就是孝顺。

然而,时下有些人为了外人的一些小恩小惠而感激涕零,而对父母的养育大恩则享受得理所当然,不思回报。我以为,一个能够懂得感恩父母的人,才能算是一个真正的人。我们要用一颗感恩的心去对待父母,用一颗真诚的心去与父母交流。父母把我们带到这个美丽的世界来,已经是足够的伟大了,而且又将我们培养成才,不求回报,默默地为我们付出,我们就别再一味地索取他们的付出了。感恩吧,感谢父母给予的一点一滴。

父母的爱,是浓郁的芬芳;儿女的感恩,是清雅的馨香。这个世界即使落红成泥,即使岁月老去,因为有爱,有感恩,尘世间的屋檐下,也依然会暗香浮动。

最是那一低头的温柔

女性最爱美。女性的外表美固然与"天生丽质"分不开,然而更在于姿态动作的美妙。天真活泼的少女,或者青春饱满的少妇,或者风韵犹存的中年妇女,她们的姿态动作往往具有不可思议的魅力。不论是一举步、一伸腰、一掠鬓,还是一转眼、一低头、一微笑,都蕴含着无限风情。就说一低头吧,虽然是一个小小的动作,却能把女性的温柔含蓄地流露在人的眼前。现代诗人徐志摩有一首脍炙人口的短诗《沙扬娜拉》,其中有两句是:"最是那一低头的温柔,像一朵小莲花不胜凉风的娇羞……"确实,当一个少女对你迅速地一瞥后,慢慢地低下头,捏弄衣角或发辫的时候,你能不感到那动作中的柔情,在轻轻地叩击你的心吗?

姿态动作的优美,是一个人内在精神、情操、知识、修养的外在表现。有的女青年相貌挺好,服装之类修饰打扮也不错,但看卜去总觉得不顺眼。与此相反,有些女青年相貌平常,穿着也朴素,但因为懂规矩、有礼貌、讲文明,一举手一投足都显得从容优雅,有的还因此显得娴静、温顺和楚楚动人。

英国哲学家培根说:"青年人的美是由于他们年轻。"但他们的美"像夏天的果子,容易烂,留不住"。他又认为:"如果美的动作在于文雅这句话不错,那老年人比青年人往往美得多。"这句话闪耀着真理的光辉。别看有些老年人老态龙钟,但他们的动作却相当文雅而优美。这种优美是老骥伏枥的精神、老马识途的经验、老成持重的态度、老当益壮的干劲、老牛舐犊的慈爱在姿态动作上的表现。这种表现,又是一个人的一生,特别是青年时代自我修养、自我完善的结果。因此女青年只有不断地学习,不断地加强自我修养,才能使自己从内在到外在都变得优美,永葆青春之美妙。

巧笑倩兮，美目盼兮

《诗经·卫风》中有一首诗："……手如柔荑（嫩草），肤如凝脂（凝固的脂肪）。领如蝤蛴（蚕蛹），齿如瓠犀（瓜子）。螓（一种虫）首蛾眉。巧笑倩兮，美目盼兮。"

这首诗的前五句用嫩草、凝固的脂肪、蚕蛹等来比喻美人的手、皮肤、颈项等形体局部的美，使人对美人的形体美有感性的了解，这自然是不错的。但是，还不能给人以生动而活泼的美感，因为呈现在人们眼前的是一幅静态美人图，不能给人以充分的美感享受。可是当人们读到最后两句时，感觉就全然不同了，美人多情的微笑在徐徐荡漾，水汪汪的眼睛在左顾右盼。美人的音容笑貌被写得惟妙惟肖、活灵活现，使得前面描写的五句也充满生气，活跃起来了。由此可见，动态美对于一个女性，特别是青春少女，是多么重要。

媚就是一种动态的美。所谓媚态，即指女子娇滴滴、羞怯怯、乐滋滋的动态。一首好诗在描绘美女形象时必然要化静为动，产生媚的效果，使美人活灵活现，呼之欲出。现实生活中的女性之所以活泼可爱，不也是这样吗？有的姑娘碰到有趣的事情，先是静静一笑，接着忍不住咯咯地笑出声来，笑得直不起腰，两手捂脸，前俯后仰，差点要跌倒在地上。这是通过笑的一连串动作，显示了姑娘的动态美。有的姑娘碰到不顺心的事情,眼眉撩起,眼睛睁得大大的,痴呆呆地望着,红唇微启,露出一排洁白的牙齿,下颌略微抬起,鼻翼轻轻地龛动,突起的胸脯一起一伏。这虽然是生气或难受时的动作,但把姑娘的青春气息充分流露出来,仍然显示了动态美。女性只有通过姿态动作,使身段和容貌活跃起来,美才能上升到媚的层次。

从事戏剧、舞蹈、体操等艺术活动的女性,特别重视形体动作的训练。通过这种训练,把形体的优势充分地显示出来,化静为动,化美为媚。她们在舞台上表演的时候,静如处子,动如脱兔,矫若游龙,翩若惊鸿,一招一式,一颦一笑,极尽女性的美妙。她们就是在日常生活中,举一动也和一般女性不一样,显得特别自然、优雅、敏捷、从容,这无疑得益于形体动作训练。

当然,女性姿态动作美以女性内在的气质、性格、情绪为基础,没有这个基础,姿态动作只能是机械的,自然就失去了动态美。

女性美的民族特色

在国际时装表演的舞台上,每当身穿五光十色、流光溢彩的旗袍的中国女模特,在丝竹琴弦的民族音乐伴奏中,朦朦胧胧地闪现在半透明的幕布后面时,那些观众就被特有的中国民族情调迷住了。当他们看到一个个姑娘以轻柔的步子走到舞台中央亮相,又碎步离开,曲线分明的腰肢微微一扭,娇羞的脸蛋甜甜一笑,接着又轻盈地一个转身,飘逸而去时,怎能不陶然而醉呢?

人们是为中国旗袍的民族特色陶醉,还是为中国姑娘表演中的仪表、风度、姿态、动作的民族特色陶醉?应该说,两者都有。中国姑娘把两者的美融为一体,在一招一式、一举一动、一颦一笑之中,体现了中国女性的民族气质、审美习惯和文化传统,展现了中国女性美的民族风采。

中国女性美的民族风采属于东方女性美的范畴。东方女性美具有极为明显的有别于西方女性美的特色,这从东方女性的民族服饰中就可以看得很清楚。如新加坡妇女的花裙是国际型的,丝绸筒袖上衣则保存着中国风味。朝鲜女装的短袄极短,领子上带有一块细白的挂领,短袄和长裙双色组合得很巧妙。日本女式和服和中国旗袍有异曲同工之妙,式样简洁而雅致,与日本女子的气质十分协调。印度、巴基斯坦和斯里兰卡女子着宽衣宽裤,色彩鲜艳的纱笼搭配或素净或浓艳的纱巾。这些服饰,无不透出东方习俗的奇光异彩,无不流露出东方民族的风土人情。这种奇光异彩和风土人情,在中国少数民族身上,同样可以看得很清楚。

女性美的民族特色,往往受到一个民族的哲学、美学、宗教等方面的传统审美观念的影响。例如中国汉族女性美的特色,就与中国古代的儒家、道家哲学、美学有很大关系。儒家哲学、美学的核心是"仁",即"仁爱"、"爱人",突出的是"善",以"善"为美。道家哲学、美学的核心是"道",强调自然而真实,返璞归真,突出的是"真",以"真"为美。中国汉族女性美的特色就是"善"和"真"的统一,既要求"善",不伤风化,又要求"真",朴素自然。

腹有诗书气自华

大千世界，芸芸众生，女人以她不可替代的角色，与男人共同支撑着我们的世界。从稚嫩的孩童，到无瑕的少女；从纯真的女孩，到贤良的人妻；从风韵渐满的中年人，到银发飞舞的老者。所有的容颜无不被烙上岁月的痕迹。

随着岁月的流逝，人都会变老，但是有些东西是不会老的。比如一个人的气质，一个人的韵味，这些东西不仅不会被岁月侵蚀，恰恰相反，像美酒一样，会因时间的推移越来越醇厚，越来越芳香。有很多人为了保持青春，使自己看上去年轻漂亮，往往花很多钱去保养。戴华美首饰，穿名牌服装，光顾美容院，打羊胎素，或吃各种"长生不老药"，或到医院美容。美容能不能美出一个人的气质？整容能不能整出一个人的韵味？这些东西不是花钱买的，是日久天长的积累。古人曰："相由心生。"假如一个人心地不好，恶习不改，那任他做多少美容或整容，都是没有用的。

心灵美是一个人最本质的美，因此美德修心最重要，人的修养不可少。作为一个女人，自我修养的途径很多，但我认为最重要的是读书，尤其是读文学类的书。文学是滋润女人心田的不可替代品，文学永远浸透了女人的灵魂。所有传统或现代的美德，如温柔、善良、隐忍、坚强、贤淑、自信,等等,都能在阅读文学作品中得到不断地陶冶升华。女人的心灵被那些或奇美或悲凉或热情的文字深深地拨动与震撼,女人与那些故事中的人物一同或喜或悲。

文学是美丽女人的必需养分。女人真正的魅力不单单是花容月貌,更是由内而外折射出的恬然与淡定,优雅和从容。古语说:"腹有诗书气自华。"假如一个女人有书卷气,有温婉的气质、优雅的举止、脱俗的谈吐,甚至有幽默感,知书达理,善解人意,这样的女人具有的独特气质和韵味,会使人眼前一亮,赏心悦目,并为之深深地景仰。

心灵本是一块净土

心灵,本应是一块纯洁、没有杂质的净土,哪怕是纤尘的污染也是不容许的,稍一失控,就会受到利欲、物欲、权欲的侵蚀。

三国时期的诸葛亮曾这样教导刘禅:"勿以恶小而为之,勿以善小而不为。"可是现实生活中,因为一念之差,很多人将自己心灵这块净土污染得一塌糊涂。君不见,保障房、廉租房在市场上公开标价出售出租时,有的官员暗箱操作,营私舞弊;在享誉全球的慈善机构中,有吞蚀捐款的蛀虫;顶级文物专家为了一点好处费,竟将伪造的"玉衣"鉴定为国宝;有的明星为了钱,满嘴谎言,替假冒伪劣商品做广告,欺骗广大消费者;有的官员腐化堕落,以权谋私,贪污受贿,最终受到法律的惩罚。凡此种种,不一而足。《红楼梦》中有一句诗这样写道:"质本清来还洁去,不教污淖陷渠沟。"若真能做到这样,心灵这块"净土"就不会受到污染。纵观历史,前人的所作所为深深地震撼着我们的心灵;屈原被逐,深感"举世皆浊我独清,众人皆醉我独醒";陶渊明厌恶官场黑暗,弃官归隐,"不为五斗米折腰";范仲淹遭贬,仍然"不以物喜,不以己悲"……他们忧国忧民,志向高洁。他们不与世俗同流合污,不被外物所役使,浩然正气充塞天地,朗朗胸襟彰显天下,他们让今人汗颜。

今天,我们必须在加强社会主义物质文明建设的同时,毫不放松精

心灵撷珠

神文明建设。在利欲、物欲各种诱惑面前，要头脑清醒，明辨是非，心底无私，境界开阔，这样，我们就能"出污泥而不染，濯清涟而不妖"，就能成为一个高尚的人，一个心灵纯洁的人。

追求是人生的太阳

追求是生命的雨露，因为追求，生命才变得亮丽夺目。没有追求的生命是干涸的生命。

追求是人生的太阳，因为追求，人生才变得灿烂辉煌。没有追求的人生是黯淡的人生。

阿基米德、伽利略、牛顿、居里夫人、张衡、李四光等广为人知的科学家，他们之所以能取得成功，首先是因为他们都曾无数次地追求过。正因为他们的追求，人类才不断向前发展；正因为他们的追求，历史才一页比一页灿烂辉煌；也正因为追求，他们才展现出了自己生命的光彩。

追求也是一种品质，一种精神，一种痴情，一种抱负。

"举世皆浊我独清，众人皆醉我独醒"，是屈原对清高的追求；"烈火中永生"，是布鲁诺对真理的追求；"为中华之崛起而读书"，是周恩来对民族复兴的追求。历史已经证明：他们的这些追求都是伟大的、崇高的、不朽的。

人生的道路，总是那样曲折、坎坷，有时阳光灿烂，有时阴云满天，极少有人是一帆风顺的，我们常常会遇到这样或那样的困难，遭到这样或那样的挫折。有人在逆境中奋起，做出很多成绩，也有人没有勇气正视困难挫折,沉沦下去。然而,生活是位严肃的老人,他绝不会可怜懦夫。相反,他只欢迎那些执着追求的人,即使他们最终失败,老人也会说:他们是强者,因为他们都曾勇敢地追求过。

只有追求,我们才不至于在现实中沉沦;只有追求,我们才能展现生命的亮丽色彩。即使在岁月染白了青丝的时候,仍没有到达成功的彼岸,我们也会说:今生无悔。

人生的选择

万千世界,纷纭复杂,纵横交织。人生活在这个世界上,所经历的大事小事,实在太多太多了,时时处处都要对每件事做出选择。购衣买菜倒没啥关系,不过是妈妈要穿素的,老婆要穿花的,爸爸要吃咸的,儿子要吃甜的。求学就业谈对象就太重要了,"女怕嫁错郎,男怕选错行",一着之差,往往错之千里。究竟如何选择,有时实在让人好生为难。

一事来临,不做也许遗憾,做了也许后悔,怎么办?书生大多选择情愿遗憾而不后悔,强人大多选择宁可后悔也不遗憾。性格决定命运,也决定选择的答案。

各人的兴趣爱好不同,选择自然也会有差异。焦大不会选择林黛玉,薛宝钗不论怎样贤惠也不入贾宝玉的法眼,武松可以选择快意江湖,武大郎大概只能卖烧饼吧。

理想往往是选择的标尺。朱德放弃将军不当,去德国留学,为的是追求真理;释迦牟尼怜悯人世的生老病死,抛弃王位,出家普度众生;戊戌变法失败后,康有为、梁启超纷纷逃避国外,谭嗣同说:"中国以变法流血者,请自嗣同始。"他留京不走,慷慨就义。他们的选择令人钦佩。

品性是选择的底线。困境中张三堕落,李四随波逐流,王五则奋发

心灵撷珠

图强。抗日战争时期，同是西北军的将领，张自忠选择牺牲报国，韩复榘选择望风而逃，郝鹏举选择当了汉奸。

有的选择看似笨拙，其实是很聪明的。春秋时，鲁相公孙仪极爱吃鱼，却决不接受任何贿送。他说："接受贿鱼，徇私丢官，哪里还再有鱼吃？廉洁奉公，凭着俸禄又何愁缺鱼吃呢？"当今，有些官员受贿索贿，自以为得意，结果受到法律的严惩，比起鲁相公孙仪实在是愚蠢之极。

人选择去死总是很难的吧，但也有比死更难选择的。司马迁屈遭酷刑，痛不欲生。在他而言，死是解脱，可为了完成肩负的使命，他选择艰难苟活，终于写就了不朽的著作《史记》。

选择并非定理，不会只有一个标准答案。天下大乱，诸葛亮选择出山济世，鞠躬尽瘁死而后已。而陶渊明却选择桃源退隐，南山采菊。可他们两人同是中华士林的楷模。

如此看来，选择是很复杂的，可说到底却也简单。人的一生，名利如过眼云烟，富贵如幻梦一场，不要贪心，守着本分，依着良知，选择自然就不会有什么大错。

梦想是一盏明灯

世界上最美妙的东西是什么？是七色的彩虹？是幽深的大海？还是无垠的天空？不，都不是，世界上最美妙的东西是梦想。梦想比彩虹更绚丽，比大海更深沉，比天空更广阔。

梦想如清风，在你迷茫时，吹醒你昏睡的大脑，将远航的船儿吹向成功的彼岸；梦想似烈火，在你无助时，给你无限的温暖，将智慧燃烧化作成功的种子；梦想若甘露，在你绝望时，滋润你干燥的咽喉，将汗水汇集为成功的源泉。梦想是一把钥匙，用心把握，便可开启成功的大门；梦想是一盏明灯，用心点燃，便可照亮成功的大道。

在梦想明灯的照耀下，遭奇耻大辱，悲痛欲绝，曾想轻生的人，也能隐忍苟活，坚定志向，建功立业。西汉时司马迁，继承父亲的遗志，写作《史记》，但因替李陵抗击匈奴兵投降一事辩解，触怒了汉武帝，被治罪入狱，身受宫刑。他想到过自杀，但想得更多的是，著述《史记》的梦想未能实现，于心不甘。于是他用古代圣贤忍辱负重、发奋有为的精神鼓励自己，忍受耻辱，终于以坚忍不拔的毅力写出了上起黄帝、下至汉武帝，总括三千余年史事，共计一百三十篇、五十二万字的不朽巨著《史记》，被鲁迅誉为"史家之绝唱，无韵之《离骚》"。

在梦想烈火的温暖下，对未来生活失去信心、深陷绝望的残疾人，也能重获生机,追求目标,让人生更加精彩。第一届"中国达人"刘伟,小时候因意外失去双臂,可他认为"要么赶紧死,要么精彩地活着"。怀着"活得精彩"的梦想,刘伟以顽强的毅力坚持不懈地苦练,终于练就了用脚弹钢琴的绝技。他用脚下飞舞的琴键,演绎出绕梁的乐曲,那是人生对梦想的礼赞!

当人们猛然间明白了自己追求的目标时,眼前便会豁然开朗,就像是在黑夜中迷了路,猛然抬头,发现在云层中显现出璀璨的星光,微弱但却柔和,给人带来了希望。

人生寡淡,以梦想调味;前路渺茫,用梦想导航;身陷困境,凭梦想突围。只要拥有梦想,定能找寻到属于自己的美好人生;只要坚持梦想,必能将自己平淡的生活变得精彩纷呈。

一寸光阴一寸金

世界上有一种最快而又最慢,最长而又最短,最平凡而又最珍贵,最容易被忽视而又最令人珍惜的东西,那就是时间。

千百年来,人们早已认识到了时间的宝贵,用"一寸光阴一寸金"这样的警句赞美它。其实,黄金哪里能比得上时间宝贵呢! 黄金被人们当作财富,永久地保存起来,可是时间却如川流不息的江河里的水,昼夜不停地流逝。时间会褪去青春的色彩,会在美人的额上刻下深沟浅槽,即使天生丽质,也逃不过时间的褪色剂和雕刻刀。

人的一生都是在分分秒秒的时间里度过的。任何生命都要在时间中诞生,任何工作都要在时间中进行,任何才智都要在时间中显示,任何财富都要在时间中创造。时间就是生命和财富,时间就是知识和力量。

屠格涅夫曾说过:"没有一种不幸可与失去时间相比。"可是有人对浪费时间无动于衷,总让光阴虚度。如果说浪费别人的时间是"谋财害命",那么自己不珍惜时间就是"慢性自杀"。而最好的医院也无力挽救这些"慢性自杀"者。聪明的人是最不愿意浪费时间的人。合理安排时间,就等于节约时间。从每天二十四小时这点来说,时间是一个常数,它对于每个人都是公平的,但对于勤和懒两种不同的人来说,时间却是

心
灵
撷
珠

个变数。从某种意义上说,用"分"计时的人比用"时"计时的人,时间要多得多。他每年、每月、每天、每小时、每分钟都有自己特殊的任务。

据统计,19世纪,知识是五十年翻一番;20世纪中期,知识是十年翻一番;21世纪初期,知识是三年翻一番。因此,对于我们来说,尤其是青少年一代,只有以比以前提高几倍甚至几十倍的效率来学习,才不至于被时间所淘汰。否则,我们将会一事无成,更谈不上为振兴中华贡献力量了。所以,我们都要努力做一个珍惜时间的人。

孝敬恩重如山的父母

　　孝,有孝道、孝敬、孝心、孝顺、孝悌、孝德等。关于"孝"的文化,源远流长,经久不衰。春秋时代孔子曰:"今之孝者,是谓能养。"宋代大理学家朱熹曰:"善事父母者为孝。"古代二十四孝中,王祥卧冰求鲤供养继母,黄庭坚涤母溺器等故事,为人们津津乐道。清朝嘉庆八年,庐州(今合肥)城内一张姓三兄弟,母丧,在家停棺守灵。邻火卒起,棺不及移,三兄弟伏棺上,誓与俱焚。三人皆死,唯棺无损。此地被后人称为"三孝口"。

　　两个血缘不同的青年男女,相爱成家,孕育出一个新的生命。新生命长大成人以后,不仅要培育自己的孩子,更要赡养孝顺自己年迈的父母。"羊有跪乳之恩,鸦有反哺之义",作为万物之长的人类,理应以赤子之心,善待善养恩重如山的父母。

　　在现实生活中,孝有真孝与假孝之分。真孝是纯洁心灵的自然裸露,不被物质金钱所桎梏,不为文化高低所左右,更不因岁月风霜而褪色。假孝则是"面子"所使然,借孝子之名,行不孝之实,内心想的与外表作秀完全是两码事。某报载有一八旬老翁,五个子女平时对老人的疾病、冷暖不管不问。待老人"走"后,却嚷着要摆阔大办丧事,并花重金请来一帮没有一点血缘关系的人"代哭",嚎得越响越逼真,酬金也越

心灵撷珠

高。但是风风光光之后，邻居却纷纷嗤之以鼻，指责其子女不懂得薄葬厚养的道理。

孝还有近孝和远孝之别。"父母在，不远游"，在男耕女织的农业社会里，四世同堂，承欢膝下，尽享天伦之乐。但在工业化和城镇化浪潮袭来之后，全球经济一体化，传统的"孝"文化受到强烈冲击。有的独生子女漂洋过海，求学深造，留下父母独居"空巢"；有的人到中年，上有老，下有小，异地任职，事业有成，难在父母身边尽孝；有的已退休，在家含饴弄孙，但高龄父母住院，夜间实在不能陪床，只得掏钱雇人陪护；还有的子女虽在父母身边，但文化偏低，手无技能，就业无门，成为"啃老族"，反而加重了父母的负担。凡此种种，都呼唤人们要与时俱进，创新"孝"的方式方法，努力提升传统"孝"文化的上升空间。

孝的核心是让父母身心健康，心情愉悦。父慈子孝，血浓于水，薪火相传，其乐融融。唯此，社会才能和谐稳定。

文史纵横
WENSHI ZONGHENG

心中的一轮明月

在夜深人静的时候,抬头仰望晴空,一轮明月悬挂在天上,一任思绪翩飞,或恬淡安详,或愁肠百结,或思乡绵绵,或泪珠盈盈。亘古不变的月光,照着芸芸众生,照见人们的内心世界,而每个人的心中,都有一片明净的月光。

细数古代诗词百家,飘逸洒脱的是李白,豪情奔放的是苏轼,满怀忧愁的是李煜。虽然风格各异、寓意不同,但古往今来的诗词歌赋中,总是有当空的那轮明月。"我寄愁心与明月,随君直到夜郎西",我想托付明月把我的愁心捎去,伴随着你奔赴那荒凉遥远的夜郎之西,这是李白因好友遭贬而抒发无限同情和关心之情的那一轮明月;"但愿人长久,千里共婵娟",只希望人人永久平安,虽然远隔千里,也能共同享受这美好的月光,这是承载着苏轼对亲友的深切思念和美好祝愿的那一轮明月;"春花秋月何时了,往事知多少",春花秋月何时才能到尽头?追思的往事,实在难以计数,这是抒发李煜亡国之痛和思念故国之情的那一轮明月。古代亲人之间或友人之间,往往通过当空的皓月,来寄托情感,宣泄情绪,相互关心,彼此勉励。

看看夜空中这轮皎洁的明月,看看文人墨客写在纸上、画在画中、念在心里的这轮明月,不知能不能勾起你对往事的回忆。

　　"人生代代无穷已,江月年年只相似。""今人不见古时月,今月曾经照古人。"是啊,任凭唐、宋、元、明历史变迁,岁月匆匆而过,空中的明月还是这样一如既往,今古长存。

　　送你一轮明月,送你夜行照明的灯;送你一轮明月,送你月上嫦娥一舞;送你一轮明月,送你情思千千万万;送你一轮明月,送你真真切切的心。

风之情怀,风之神韵

古往今来,多少文人墨客写下了关于风的妙文佳句。他们或借风喻社会人生,或借风抒豪情壮志,或借风叹离愁别恨。

在风中,志得意满的刘邦曾放声高歌:"大风起兮云飞扬,威加海内兮归故乡,安得猛士兮守四方。"大有"好风凭借力,送我上青云"的无比自豪。在他的眼里,风是威武雄壮的,有翻云覆雨之能耐。在风中,国破家亡的李煜曾悲声苦吟:"小楼昨夜又东风,故国不堪回首月明中。"在他的眼中,东风也无力,东风也无情,故国仍在,朱颜尽改,满怀愁绪,尽诉风中。

"凉风乱飐芙蓉水,密雨斜侵薜荔墙",在柳宗元看来,风却是凶物,是那样疯狂,是那样残酷。"风萧萧兮易水寒,壮士一去兮不复还",在荆轲看来,风也有情,风也知情,简直就是一位知己,为壮士一路送行。"明月别枝惊鹊,清风半夜鸣蝉",在辛弃疾的笔下,风又像个尤物,使这位渴望建功立业的爱国志士,也会注目乡村的夜景,享受田园生活的闲适和愉快。

从古人的诗句中,我们是否已感受到了风之情怀,风之神韵? 我们是否已让风在心中播下诗意的种子?

当我们在人生路上失意时,就读读"长风破浪会有时,直挂云帆济

文史纵横

沧海",给自己一份自信;当我们对生活失望甚至绝望时,就吟诵"野火烧不尽,春风吹又生",你会想到生命的顽强,点燃希望的明灯。

是因为诗中写了风,才使风有了诗情和诗意吗? 不,我以为风本身就蕴含着许多诗情和诗意。我们思索风的诗意,体味风的诗情,会使我们获得意想不到的收获。

趣联妙语

阅读趣联妙语,在欣赏玩味之余,还可以让人学到联语的基本知识。

联语讲究"粘"和"对"。"粘"就是上下联平仄相反,"对"就是上下联词性相同。

许多联语,并非仅仅只有一种对句。有的对句可以与原联语的出句相成对,也可以与原联语的对句相成对。如有这样一副联语:"童子打桐子,桐子落,童子乐;丫头啃鸭头,鸭头咸,丫头嫌。"也有对成"佳人唤家人,家人到,佳人道"的,对仗也不失工整。

好的联语,不仅形式上工整严谨,而且在内容上恰到好处地抒发作者的情趣,表达作者的意志,反映作者缜密的思维。如这样一联咏物抒怀的对句:"根生土地,渴饮甘露,未出土时便有节;枝横云梦,叶拍苍天,及凌云处尚虚心。"作者通过对竹子特征的拟人化描绘,把竹子的"有节"、"虚心"和人的高尚情操、谦虚谨慎的精神,有机地揉为一体,表达了对高风亮节者的赞颂和景仰之情,赋予了咏竹联语丰富的思想内容。

还有的联语,蕴含着深刻的哲理。如这样一联对句:"读不如行,使废读将何以行?蹶方长知,然屡蹶讵云能知?"在此,作者不但指出了理论与实践的朴素辩证关系,而且还告诉我们:摔了跟头不可怕,可怕的是不接受教训。上下联均以发问结尾,发人深省。

　　联语多数是自出自对,也有一人出句,另一人对句的。这种情形总是出句容易,而对句难。据说有人站在江边的宝塔上,看着江面宝塔的倒影中,鱼儿来回穿梭,不禁挥笔在墙上题一句"塔影横江鱼上塔",但下句怎么也对不上来。后来有人细心观察,精心构思,对出了"云荫落树鸟参云",对得相当新奇而巧妙。

缓缓归矣

古语云："陌上花开，可缓缓归矣。"说的是古时的吴越王钱镠在杭州料理政事，一日走出宫门，却见凤凰山脚、西湖堤岸已是桃红柳绿，万紫千红，想到与回娘家省亲的戴妃已是多日不见，不免生出几分思念。但怜其孝顺贤良，不忍催促其归，却又抵挡不住内心的思念之情，于是修书一封，快马加鞭送去。正在欣赏春景的戴妃看了信后，不禁双颊绯红，即日返程。书信原只寥寥数语，殷切之情却力透纸背，缓缓归，缓缓归，缓缓归，你好好欣赏陌上的花团锦簇，不要着急回来啊！看似这样，其实是多么温柔的催促啊。

对于我们一般人来说，在又是一年芳草绿的时候，野外春花兀自绽放，一丛丛，一簇簇，五彩斑斓，绚丽多姿。此时，若是约女友到郊野踏青，可能会说："陌上花开，急急去矣。"

一个是急急去，期盼心切，一个是缓缓归，期盼绵柔。对于越王来说，何尝不想戴妃快快归呢？但却说缓缓归。对于戴妃来说，无论如何，陌上花开，美景总是让人眷恋的啊。而戴妃却放弃了继续欣赏陌上花开的景致，觉得王爷年迈，既有信来，命我归去，安可有违？

所有美景抵不上心中的春天，抵不上一句缓缓归的温柔催促。

我思念你，但我不催促你归来，不由得佩服古时越王内心的温柔，百转千回的婉转，也佩服戴妃的善解人意，陌上花开纵好，怎敌那温柔的催促？

　　遍翻古诗词，有很多美丽的句子，背后都有一个动人的故事，充满着古典的唯美和婉约。无论是长亭送别，还是鱼传尺素，无论是金风玉露，还是驿外断桥，都有着不可言说的美感。

桃花潭水深千尺

　　桃花潭，又名玉镜潭、东园渡潭，在安徽省泾县西南四十公里处。这里林木葱茏，花卉芬馥，物象幽奇，潭倚悬崖，水色清澈，风景秀丽，"桃花流水杳然去，别有天地非人间"，堪称旅游胜地。

　　唐玄宗天宝十四年（公元 755 年），诗人李白游了泾县。该县桃花潭附近的名士汪伦写信给李白，欢迎他到家中做客。信上说："先生好游呼？此处有十里桃花；先生好饮呼？此处有万家酒店。"李白获信，欣然而至，汪伦热情款待，用桃花潭水酿成的美酒与李白同饮，并笑着告诉李白："桃花者，潭水名也，并非十里桃花；万家者，酒店主人姓万也，并非万家酒店。"李白听罢大笑，两人开怀畅饮，直至深夜。

　　汪伦留李白连住数日，陪李白游览了桃花潭及钓鱼台、彩虹岗、垒玉墩等名胜。临别时又送名马八匹，官锦十端。李白在东园古渡乘舟全陈村，登旱路去庐山，汪伦在古渡岸边楼阁上，设宴为李白饯行，村民拥立岸边，拍手而歌，踏脚为节，唱当地民间的《踏歌》相送。李白感谢汪伦和村民的盛情，即兴赋《赠汪伦》诗一首："李白乘舟将欲行，忽闻岸上踏歌声。桃花潭水深千尺，不及汪伦送我情。"

　　李白这首诗流传千古，桃花潭也因此诗闻名于世。后人为纪念李白此行，在桃花潭畔建有踏歌台、桃花潭阁、文昌阁、酌海楼等。汪伦去世后,李白曾在桃花潭边立碑纪念,并书写了"史宦之墓汪伦也"刻在石碑上。此碑早已不见踪影,清光绪年间重建的石碑,也曾遗失,直至1979年才在附近的村子里找到。

桃花潭周围古树苍翠,崖壁峻峭,深潭清澈,山鸟喧鸣。现在这里的楼阁均修缮一新,供游人观光。

古代的午睡诗

　　午睡,是人们的一种生活习惯,尤其是在夏季。夏日午睡,本为调节精神的养生之道,清人李笠翁说过:夏日午睡,犹如饥之得食,渴之得饮,养生之计,未有善于此者。

　　古代最为著名的午睡诗,当推宋代人蔡确的《夏日登车盖亭》。北宋元祐年间,宰相蔡确被贬安州,在游玩当地名胜车盖亭时,写下了绝句十首,诽谤朝政。结果,蔡确因此被流放到岭南,并死在那里。虽然后人对这桩政治公案和蔡确本人评价不一,但那首《夏日登车盖亭》,却因此成为后人传诵的名篇:"纸屏石枕竹方床,手倦抛书午梦长。睡起莞然成独笑,数声渔笛在沧浪。"诗人以书催眠,醒后不仅精神爽快,而且备感环境宜人。此诗凡读书人多有体会,堪称最雅致的午睡。

　　"饱食缓行初睡觉,一瓯新茗侍儿煎。脱巾斜倚绳床坐,风送水声到耳边。"这是诗人丁崖州的闲情。将睡未睡时,饮茗待息,耳边水声,权作催眠之曲,够自在了。陆游有诗道:"相对蒲团睡味长,主人与客两相忘。须臾客去主人觉,一半西窗无夕阳。"主客对榻,你有事就去办,我闲暇即安卧,各尽其乐。"读书已觉眉棱重,就枕方欣骨节和。睡起不知天早晚,西窗残日已无多。"这首诗是诗僧有规午睡的体会。一枕睡去,直到夕阳西下,无忧无虑,自在逍遥。然而诗中又流露出一丝淡

文史纵横

187

淡的对尘世的不满。

最有情趣并能发人深思的,当数半山老人王安石的午睡诗:"细书妨老眼,长簟惬昏眠。依簟且一息,抛书还少年。"这首诗与其说是抒写午睡,不如说是由午睡悟道。一旦事业难成,尤其是权位顿失,难免有失落感。王诗所述,可以使这种心理获得平衡。

一日午睡后起来,我也有了兴致,拼凑了一首打油诗:"昔日午休把扇摇,今朝高枕开空调。待到一觉醒来时,太阳已经偏西了。"

牧童遥指杏花村

唐代诗人杜牧以《清明》为题的一首诗:"清明时节雨纷纷,路上行人欲断魂。借问酒家何处有,牧童遥指杏花村。"这是传颂千余年、妇孺皆知的一首诗,可谓千古之绝唱。

杜牧所说的杏花村,究竟在哪里?晋人说在山西,皖人说在安徽,引起了一场官司。在诉讼过程中,史学家公示证据:清朝安徽池州名士郎遂,自1674年着手,用十一年时间撰修而成《杏花村志》,并被收录进《四库全书》。最后经人民法院裁决,确认杜牧《清明》诗中所指的杏花村,位于安徽省池州市西郊二里许。唐武宗会昌年间(公元844～846年),杜牧曾任池州刺史,其诗是诗人在池州任刺史期间所作。

杜牧游览杏花村时,杏花村纵横十里,绿树成荫,芳草飞蝶,鱼翔浅底。每当清明时节,和风吹拂,细雨纷纷,构成了一幅秀丽的"江南烟雨图"。

千余年来,杏花村饱经风霜,频遭战乱破坏。到了明朝,池州太史顾无镜,大修杏花村,使这个文化名村再现文坛,文人骚客纷至沓来,有诗云:"杏花林上著春风,十里烟村一色红。欲问当年沽酒处,竹篱西去小桥东。"

清朝中期,池州太守周疆,对杏花村做进一步修葺,美不胜收。此时,为纪念杜牧,村中建了"杜公祠"。祠中古井,为酒之源;祠后有湖,名为"杜湖";祠西有山,登山鸟瞰,春风扑面,杏花怒放,此为杜牧"牧童遥指处"所在。

近年来,旅游兴起,杏花村的景色日新月异。现在杏花村已成为国家4A级旅游区,融人文、自然景观为一体,村中树木葱郁,杏花漫野,小桥流水,酒旗招展,空气中弥漫着花的芬芳、酒的芬芳、诗的芬芳。每当清明时节,有很多文人墨客云集,步杜牧遗韵,吟诗作词,盛况空前。

古诗文中的秦王

秦始皇嬴政,我国第一个封建皇帝,历代诗人墨客对他褒贬不一。然而平心而论,他有功也有过。

大诗人李白,曾在《秦王扫六合》诗中,塑造了秦王的高大形象。"秦王扫六合,虎视何雄哉!挥剑决浮云,诸侯尽西东。明断自天启,大略驾群才。收兵铸金人,函谷正东开。"秦王对内镇压叛乱,任用贤才,扩充军队,发展生产,终于并吞六国,这是他的一大功绩。诗人对此大加颂扬,把他喻为猛虎,眈眈而视,极为英勇;描写他长剑一挥定夺天下,臣服诸侯,不愧是杰出的政治家。

贾谊在《过秦论》中也有同样的评述:秦国"乃至始皇,奋六世之余烈,振长策而御宇内,吞二周而亡诸侯,履至尊而制六合,执敲朴而鞭笞天下,威震四海"。文中写了始皇的雄姿,秦国的威风。

可是,秦王称帝之后,虽做过不少有利社会发展的事,然而也渐渐昏庸起来。

清代的罗聘在诗中说:"焚书早种阿房火,收铁还留博浪椎。"焚书坑儒,收铁铸金,这是秦王统一六国后的两项措施,也为秦王朝的覆灭种下祸根。诗人提示了这一现实,由于"焚书"而招致"阿房火",由于"收铁"而有"博浪椎"(张良在博浪用椎暗杀秦始皇)。百姓受尽压迫自然会起来反抗,秦王朝就是被揭竿而起的农民起义军动摇了国之基石,最后崩溃倒塌。

秦始皇为保万代帝业,不惜民财修筑长城。清代诗人崔念陵有诗:"刘项生长长城里,枉用民膏筑万里。"修筑长城,劳民伤财,秦始皇却沉湎在歌舞之中,外患未来,内先起义,长城抵挡不了刘邦、项羽的进军咸阳,秦不就此亡于刘、项手下吗?

秦统一天下后,秦始皇睥睨一切,巡视四方,立碑铭志,再加上大兴土木,建造宫殿,穷奢极侈,这也是秦王朝灭亡的原因之一。李白有一首诗对此作了有力的斥责:"铭功会稽岭,骋望琅琊台。刑徒七十万,起土骊山隈。"秦始皇后期,竟昏庸到采集"不老药",妄想长生不老,执政万代。这是多么荒唐的事!

最终,秦始皇那帝业万世的梦想,只做了十几年就破灭了。

简洁的文字才有生命力

唐朝刘知几主编通史时,有个史官改完了班固著的汉书《张苍传》,送给他审阅。他看到其中有这么一句:"苍免相后,年老口中无齿,食乳。"就问史官们:"大家看看,这句精练了吗,还可不可以再精练些?"

史官们看了都未出声。刘知几笑着说:"语句是通顺的,但还不够精练。"于是提笔删去其中的"年"、"口中"三字,变成了"苍免相后,老无齿,食乳。"

史官们都称赞说:"改得好,删得妙!"

史官们为什么称赞刘知几删改得好呢?因为"老"是指年龄而言,删去"年"更显得简明;"齿"总在"口中",删去"口中"更加干净利索。

名家大师都非常重视语言的简洁精练。老舍说过:"世界上最好的文字,也是最精练的文字,哪怕只有几个字,可是别人说不出来。简单、经济、亲切的文字,才是有生命力的。"事实也是如此。试想,"大漠孤烟直,长河落日圆"、"会当凌绝顶,一览众山小"、"野火烧不尽,春风吹又生"、"但愿人长久,千里共婵娟"、"忽如一夜春风来,千树万树梨花开"、"沉舟侧畔千帆过,病树前头万木春"、"人生自古谁无死,留取丹心照汗青"、"学而不思则罔,思而不学则殆"、"燕雀安知鸿鹄之志哉",这些名句除了含义深邃、耐人寻味之外,其语言也是简洁精练的,因此才为群众所喜爱,千秋不朽。

简洁的语言是智慧的灵魂,冗长的语言是肤浅的藻饰。我们在写文章时,应当重视提炼语言。如果文中浮词泛滥,枝节横生,又不认真修改,势必语言杂沓,内容臃肿,即使文章中有些零金碎玉,也会被掩盖在荒草似的赘词之中。

每当你伏案写文章时,别忘了歌德的名言——不要把时间、才力和劳动浪费在空洞、多余的语言上。

理性地对待感情

"花褪残红青杏小，燕子飞时，绿水人家绕。枝上柳棉吹又少，天涯何处无芳草！墙里秋千墙外道，墙外行人，墙里佳人笑。笑渐不闻声渐消，多情却被无情恼。"这是宋代苏轼的一首《蝶恋花》词，词的前段是写景。诗人关心春景，可是目前到处飞絮落花，一年的好景致又逝去了。词的后段是抒情。二三少女在高墙深院里无忧无虑地荡秋千，笑语喧哗，天真无邪，墙外的一条道上，斯人行色匆匆。当他行至此处，闻听院内朗朗的笑声飘出，于是出神驻足聆听，那院内的佳人却玩够了，玩累了，翩然而去，杳无声息。本来事情到此就该结束了，你走你的路，我过我的桥，井水不犯河水的，偏偏诗人太多情，听到几声笑，就猜人家是俏佳人，神魂颠倒，人都走了，还回不过神来。傻傻地站，痴痴地等，浮想联翩，由最初的新奇兴奋到无奈惆怅，最后竟凭空生出几分恼怒来。

按常理，人家女孩子在自家的院子里玩，关你什么事儿？是你多情种子节外生枝，这还没看到人家长什么模样呢，若是几位绝色女子，最后还不知道会干出什么出格的事来。还是唐代诗人崔护明白："去年今日此门中，人面桃花相映红。人面不知何处去，桃花依旧笑春风。"崔护见到的，是一位貌若桃花的女子，虽然心中有意，到了第二年再寻佳人不遇，终悟出"桃花依旧笑春风"。尽管有一千个不情愿，一万个不甘心,但时过境迁,心仪的佳人或已嫁或迁居或已故,不必自作多情了。再见了,南庄,再见了,桃花女子。

苏轼和崔护都是多情人,但前一个泛滥,以至于"恼",后一个理性,仅限于"笑"。同样的多情,但处理的方式却有不同。

有性乃至多情,本无可厚非。人非草本,孰能无情,正因为有情,才可能有爱,才有温暖的感动,活着才有色彩和意义。

但是,我们应当正确地运用好感情,像崔护那样自持、自重,为情所动而不为情所困,更不要无故寻愁觅恨,要理性地对待感情,慎重地对待感情。

唐诗与梦

在文学作品中,以梦境来展示生活的例子很多。一部《红楼梦》就有大梦三十多个,小梦无数。

诗与梦似乎结合得更加紧密。可以说,自有诗以来,梦就常常融入诗的意境,诗就常常有梦的虚幻。

唐代的诗人,入梦之诗特别多,入梦之诗也特别奇。李白与杜甫,友谊深厚,亲如手足。李白流放时,杜甫十分担心他的命运。李白的形象,闯进杜甫的梦境。"故人入我梦,明我常相忆。"杜甫在梦中一会儿看见李白在坎坷的道路上奔波,雾天瘴地,山险水恶,好像一个黑暗的网,笼罩着李白的影子。一会儿,又看见李白驾着一叶扁舟,漂荡在狂风恶浪之中,好像翻了,那些毒龙怪蛇,向李白袭来。杜甫大叫一声,惊醒过来。

李白憎恶宫廷的生活,不愿与当权者合作,写了《梦游天姥吟留别》一诗。他以饱满的热情,迷人的色彩,去刻画天姥山壮丽的景象,奇特的风光。"半壁见海日,空中闻天鸡。千岩万转路不定,迷花倚石忽已暝……云青青兮欲雨,水淡淡兮生烟。"忽而他又驰骋想象,利用传说,融入神话,展示出更加动人的意境:"霓为衣兮风为马,云之君兮纷纷而来下。虎鼓瑟兮鸾回车,仙之人兮列如麻。"这种景色,不是人间所具有的,是天国的生活,是想象中的境界。诗人借助梦境来表达他对丑恶现实的憎恨,誓不"摧眉折腰事权贵"。

梦属幻境,柔性较多,似乎更适合表现缠绵的思绪和婉转的情感。唐代的闺怨诗很多,有不少是与梦境相连的。在这方面写得最好的,是金昌绪的《春怨》:"打起黄莺儿,莫教枝上啼。啼时惊妾梦,不得到辽西。"关山千里,难以逾越,愁肠百折,以梦贯穿,细致委婉地刻画出少女的心曲。

唐代的写梦诗,有的是直抒胸臆,表达对丑恶现实的憎恨,对权贵的反抗,对友人的关心和同情;有的则是委婉曲折,抒发亲人之间或友人之间的离愁别恨,以及男女爱恋的柔情。

古诗词中的荷花之美

　　荷花是我国人民喜爱的传统名花,也是最早在古诗词中所描写的花草之一。早在《诗经》中就有"山有扶苏,隰有荷华"和"彼泽之陂,有蒲与荷"的诗句;《离骚》中也有"制芰荷以为衣兮,集芙蓉以为裳"的诗句。自此之后,几千年来荷花一直拨动着骚人墨客的心弦。

　　荷花在古诗词中名称颇多,如芙蓉、芙蕖、菡萏、水芝、泽芝、净友、六月春,等等。

　　荷花的姿容在古诗词中尽态极妍,其色泽丰富多彩,尤以红、白二色最引诗人瞩目。白居易的"素房含露玉冠鲜,绀叶摇风钿扇圆",陆龟蒙的"素花多蒙别艳欺,此花端合在瑶池",皮日休的"向白但疑酥滴水,含风浑讶雪生香",写的是素然天质、洁白纯净的白莲;范成大的"凌波仙子静中芳,也带酡红学醉妆",杨万里的"接天莲叶无穷碧,映日荷花别样红",写的是浓妆艳抹、娇丽动人的红莲;也有将红白莲花摄入一幅画面的,如杨万里的"红白莲花开共塘,两般颜色一般香"。

　　荷花的香气从古诗词中溢出,如邹登龙的"采采荷花满袖香",王之道的"藕花无数,高下斗芬芳"。最诱人的是温庭筠的《莲花》:"绿塘摇滟接星津,轧轧兰桡入白苹。应为洛神波上袜,至今莲蕊有香尘。"诗中把荷花比喻为女神留在水面的袜子,让人去猜想品味其幽远的芳香,想

文史纵横

象奇特,运笔高人一筹。

采莲,自有无穷的乐趣,也蕴含着不尽的情思。《汉乐府诗集·江南》描写了采莲:"江南可采莲,莲叶何田田。"诗中莲之盛,采莲人之喜,洋溢在字里行间,所喜者何?少男少女调情求爱也。如果说此诗还是含蓄地表现这一点的话,那么请看沈野的一首毫无顾忌地抖露火热恋情的诗:"解道芙蓉胜妾容,故来江上采芙蓉。檀郎何事偏无赖,不看芙蓉却看侬!"

诗人特别爱咏并蒂莲,大约因其形象足以引发人们对忠贞不渝的爱情的向往。令人称绝的是郑谷的《合欢莲花》:"虞舜南巡去不归,二妃相誓死江媚。空留万古香魂在,结作双葩合一枝。"诗中把并蒂莲说成是二妃化成,在已经十分美好的形象中,再注入神话传说的因素,为它披上了一层迷人的色彩。

古诗词中的荷花之美,甚至含寓着生活的哲理,如李商隐从荷花与荷叶长相映、齐盛衰的角度,落笔写出的诗句:"世间花叶不相伦,花入金盆叶作尘。惟有绿荷红菡萏,卷舒开合任天真。此花此叶长相映,翠减红衰愁杀人。"

回眸一笑百媚生

在春风和煦、春花烂漫的季节,我游览了向往已久的古都西安。八百里秦川,名胜古迹太多,文化积淀太厚,导游带领我们乘车在饱经沧桑的黄土高坡上转悠,一会儿进入隋唐,一会儿又返回秦汉,可以说是走马观花,就像是看电影一样,那些历史的碎片一幕幕地呈现在我的眼前。

让我最感兴趣的是骊山山麓的华清池,就是那"春寒赐浴华清池,温泉水滑洗凝脂"的华清池。

步入华清池,导游娓娓地讲述它曾经的辉煌,可我觉得它非常遥远缥缈,怎么也想象不出唐代帝王和妃子们在此游宴作乐的荣华场面。水池中有一尊"浴女"的汉白玉雕像,她裸露的玉体半披玉纱,确是天生丽质,风情万种。导游说此处标志性的风景,是以杨玉环奉诏温泉宫为蓝本塑造的。由此我忽然想到梅兰芳先生演出《贵妃醉酒》的倩影,总觉得眼前的"浴女"似曾见过,好像是依据现代人的审美情趣塑造的,远没有当年贵妃那妩媚的神韵。

华清池是杨玉环曾经洗浴的古浴池,实际上名叫海棠汤。现在,它早已干枯、斑驳、憔悴,覆盖着一些尘埃。但我见到它却怦然心动,像走进那"回眸一笑百媚生,六宫粉黛无颜色"的幽梦,走进白居易那扣人心弦的《长恨歌》的意境。

　　福兮祸所伏。安禄山叛乱的惊涛骇浪席卷而来,杨贵妃或许还沉浸在唐玄宗为她三十六岁生日举行盛大宴会的幸福云雾里,可命运却急转了一个大弯。阴云密布的马嵬坡前,她被爱得死去活来的心上人唐玄宗赐死,就这样结束了短暂的一生,芳龄仅三十八岁。从海棠汤到马嵬坡,这位美人儿从峰顶跌入了何其恐怖的峡谷深渊。

　　旅游回来之后,我又翻开《长恨歌》,反复阅读,思绪万千。我不知道"在天愿作比翼鸟,在地愿为连理枝"的爱情观,是诗人白居易帮悲剧主人公总结出来的,还是诗人自己的一种期盼。但我希望,早已飞上西天的杨贵妃,永远保留着她"回眸一笑百媚生"那动人的美丽。

一种相思，两处闲愁

　　《康震评说李清照》这本书，是北京师范大学康震教授在"百家讲坛"讲解李清照讲稿的集结。在书里，康震用深情、仰慕、亲切的语调，优美、干净、娓娓的文笔，把一代大才女李清照一生中的重要事件，如无忧无虑而词名初显的少女时代、与赵明诚的美好爱情及喜忧参半的婚姻、其父与公公的朋党之争、金兵入侵后的颠沛流离、竭力挽救家藏文物、赵明诚死后的孤苦、晚年再嫁张汝舟发现他是小人又毅然离婚以及她各个时期的创作等，都一点一滴地复原出来。之所以说是复原，是因为他笔下的李清照，她的姿容、风采、情态、性格、才智、傲骨，无不与其本人相符，似乎李清照就应当是这个样子。

　　现在，有些专家名流在讲经典时，总喜欢从经典扯到现在的人怎么样怎么样。这种讲法看似联系实际，贴近现实，实际上是打着通俗化、平民化的旗号，将经典肤浅化、庸俗化。虽然博取了听众一时的欢心，却常常有意或无意地误读了国粹，误导了听众。相比之下，康震教授的讲解，显然要务实、诚实、庄重得多。他讲婉约词宗李清照，不仅出语精妙而形象，通俗又雅典，而且出语必有据，论理毕自圆，从不东拉西扯，说些"李清照要是活在现在"或"我们要是活在南宋"之类的鬼话。

　　《康震评说李清照》一书，主要依据李清照保存于世的七十八首

（篇）词、诗和文章，通过细致缜密、合情合理地梳理和分析，把中国历史上最杰出的女词人的一生，有血有肉地展现在我们面前。

经由康震的精辟分析，我们才真正领悟到"倚门回首，却把香梅嗅"写的是少女怀春，才真正体会到"一种相思，两处闲愁"写的是对夫妻两地分居的幽怨，才真正感知到"寻寻觅觅，冷冷清清，凄凄惨惨戚戚"里深藏着国破之悲、漂泊之苦、晚景之惨、境遇之难，才知道李清照其实并不是我们想象的那样多愁善感、柔弱无助，真实的李清照非常清新、活泼、健朗，不止是一位大才女，而且还有思想、有见识，意志坚强，敢爱敢恨，是一位令无数须眉汗颜的巾帼英雄。

花自飘零水自流，婉约词宗李清照早已随风而去，但我们仍然仿佛看到，她在荡着秋千，在踏雪觅诗，在烛光里与赵明诚对饮……她是那么美貌，那么风雅，那么多情，那么耐人寻味。

历史上的美女

　　在古代帝王的眼里,美女和江山一样的重要,所以人们常说江山美人。古代那些青史留名的美女,应该是真正的天生丽质,不施粉黛,风韵天成,自有一种"回眸一笑百媚生"、"意态由来画不成"的万种风情,但她们之所以芳名留千古,靠的绝不仅仅是绝世的姿色,还因为她们都是历史故事中的重要人物。

　　杨玉环,"梨花一枝春带雨"的大唐第一美女,从"三千宠爱在一身"的闪亮登场,到"回看血泪相和流"的凄婉谢幕,再到"此恨绵绵无绝期"的余音袅袅,一个能歌善舞无心于政治的青春丽人,居然在大唐帝国历史上,引发了一场撼动大唐王朝根基的滔天巨澜。

　　王昭君,原本是汉宫寂寞失意的美女,在朝廷需要时,挺身而出,愿肩负和亲的使命,远赴千里之外的大漠之地,用"一赴绝国,讵相见期"的痛苦,换来汉匈两家半个世纪的友好与和平。如此胸襟、胆识和勇气,古今几人有?

　　貂蝉,东汉末年的一个绝色女子。奸臣董卓暴虐,祸国殃民,意图篡夺东汉王朝政权,当年十万联军讨伐董卓,却无功而返。为拯救汉朝,貂蝉凭着巧妙的周旋,使用连环计,使董卓、吕布两人反目为仇,最终借吕布之手除掉了恶贼董卓,从而使风雨飘摇的汉室江山得以延续。

在这个清一色男人争霸的世界里,貂蝉成功地显示出了一个弱女子的胆量和智慧。

西施,春秋越国的一个绝代佳人。越王勾践败于会稽后,称臣于吴,他卧薪尝胆,图谋复国。在国难当头之际,西施深怀亡国之恨,忍辱负重,以身许国,强颜欢笑,曲意逢迎在吴王夫差身边,虽备受恩宠,却心如铁石,不改初衷。她把吴王迷惑得众叛亲离,无心于国事,最终帮助勾践完成复国大业。这样心怀故国的"美女间谍",堪称世间奇女子。

这四位就是有"闭月羞花沉鱼落雁"之称的中国古代四大美女。其实,古往今来,美女如云,不计其数。她们之所以名载史册,是因为她们都是有历史故事的人。

美女,不过是红粉骷髅而已,纵然风华绝代,也终有一天要老去。斗转星移,多少美人香消玉殒,让历史记住她们的,不是旷世少有的绝代姿容,而是她们背后那些让人无法忘却的历史,是那些荡气回肠、饱含人世沧桑的故事。

妹喜、妲己、褒姒、赵姬、赵飞燕、胡太后、苏小小、武则天、李师师、秦淮八艳,等等,红颜祸水也好,红颜薄命也罢,她们都在历史的长剧中,演绎了一出出无法复制的真实而精彩的大戏。

宋代的女人们

人们都说,唐代的女人们生活很时尚,而且社会地位较高,是古代王朝女人的生活黄金期。其实,宋代女人们的生活,一点也不亚于唐代。

"女为悦己者容",宋代女人们爱美爱得不得了。"插花野妇抱儿至,曳杖老翁扶背行。淋漓醉饱不知夜,裸股攮肘时欢争。"结婚生子后的女人,也不甘做黄脸婆,也要戴花示美做万人迷,甚至和男人们一起,吃喝玩乐。宋代女人们的穿着打扮更是不甘落伍,甚至很性感。"花艳艳,玉英英。罗衣金缕明。闹蛾儿簇小蜻蜓。相呼看试灯。"女人打扮得花枝招展,相互邀约看灯去。谁说宋代的女人只有相夫教子的传统观念,没有自己的生活情趣?

宋代的女人们对爱情的追求,也是比较大胆、开放和执着的。南宋著名的"断肠诗人"朱淑真写了一阕《清平乐》:"恼烟撩露,留我须臾住。携手藕花湖上路,一霎黄梅细雨。娇痴不怕人猜,和衣睡倒人怀。最是分携时候,归来懒傍妆台。"词中写的意思是,正当含烟带露的季节,来到湖上,不仅与自己的心上人"携手湖上路",还"和衣睡倒人怀",不顾羞怯地倒向恋人的怀抱。一个女诗人敢于写出这样的词句,足见宋代女人追求爱情的大胆和开放。

　　说到宋代女人的大胆和开放,我们必然会想到著名的女词人李清照。这位生长在济南大明湖畔的女词人,在豆蔻年华之时,便写下艳词,"和羞走,倚门回首,却把青梅嗅",真是哪个少女不怀春!小小年纪就已经知晓偷窥异性少年了。成年之后,李清照就更为大胆开放了,"常记溪亭日暮,沉醉不知归路。兴尽晚回舟,误入藕花深处。争渡!争渡!惊起一滩鸥鹭。"啊,不仅晚归,还喝酒喝得不醉不归,日子过得比历史上任何朝代的女人都洒脱多了。历朝历代,有多少女人能有如此闲情,常赏日落,划舟野渡,不醉不归的?

　　宋代女人虽然身在男权至上的封建时代,但在家庭中的地位,也不是人们想象中的那样低。宋代著名诗人苏轼曾写一首《寄吴德仁兼简陈季常》:"龙丘居士亦可怜,谈空说有夜不眠。忽闻河东狮子吼,拄杖落手心茫然。"说的是自己的好友陈季常,常被苏轼找去唱和诗文,陈妻柳氏,性悍善妒,如果发现宴饮时有歌女在坐,柳氏就用棍棒击墙,大声叫嚷,以至陈季常见她便浑身发抖。于是,"河东狮吼"典故流传至今。

　　总而言之,宋代女人们不论在社会,还是在家庭,都是有一定地位的,她们追求时尚,追求爱情,追求美好的生活。

君故后谁可继任？

春秋时，国相管仲病危，齐桓公问："您之后群臣中谁可担任国相呢？"管仲说："没有比国君更了解臣下的。"齐桓公欲任鲍叔牙，鲍叔牙是管仲的挚友，且有举荐之恩。管仲诚恳地说："鲍叔牙是君子，但他善恶过于分明，见人之一恶，终身不忘，这样不可为政。"齐桓公问："易牙如何？"管仲答道："易牙杀死儿子来迎合国君，这种行为不近人情，这人不能任用。"齐桓公又问："开方如何？"管仲答道："开方弃父母来迎合国君，这种行为不近人情，这人不能接近。"齐桓公接着问："竖刁如何？"管仲回答说："竖刁阉割自己来迎合国君，这种行为不近人情，这人不能重用。"

齐桓公是一位颇有头脑的国君，但他一时糊涂，没有执行管仲的遗言。一开始他没有重用鲍叔牙，疏远了易牙三人，但没过多久，他又召回三人，委以国政，最后重病之际，被三人活活饿死。

无独有偶，汉高祖刘邦将死，吕后问人事安排："萧国相死后，由谁来接替呢？"刘邦说："曹参。"吕后又问："曹参之后是谁呢？"刘邦说："王陵可以接任，但王陵智谋不足，可由陈平辅佐。陈平虽有智谋，但不能决断大事。周勃虽不擅言谈，但为人忠厚，日后安定刘氏江山肯定是他，用他做太尉吧。"吕后又追问以后怎么办，刘邦有气无力地说："以后的事你也不会知道了。"

吕后忠诚地执行了刘邦的遗言,她死后,正是周勃这位太尉诛杀了诸吕,印证了刘邦所说的"安刘必勃"。若吕后泉下有知,大概会后悔为啥不打点折扣执行刘邦的遗言。

《三国演义》中写道:诸葛亮将死,后主刘禅忙遣尚书李福来问后事。诸葛亮道:"吾死之后,可任大事者,蒋公琰(蒋琬)其宜也。"李福接着问:"公琰之后,谁可继之?"诸葛亮又说:"费文伟(费祎)可继之。"李福又问:"文伟之后,谁当继者?"诸葛亮没有答复,众将不解,急忙上前看他,他已闭上了眼睛,离开了人世。

这段所描述的事并不见于史册,可能是作者罗贯中的杜撰。其实,后主刘禅也是十分忠实地执行了诸葛亮的遗言。他先后由蒋琬和费祎辅政,费祎死后,蜀汉离覆灭就只差十年的光阴了。

在史家和小说家的笔下,三位政治家都成了伟大的预言家,这和他们敏锐的洞察力是分不开的。后人是否执行他们的遗言,其结局是完全不同的。

朱熹的狭小气量

南宋朱熹，人称朱子，在中国思想史与文化教育史上，是仅次于孔孟的第三号大儒。他最突出的贡献是创办了南宋的最高学府白鹿书院，努力弘扬以儒家学说为中心的中华传统文化。

然而，朱熹也曾做过一件很不光彩的事，玷污了自己的显名。事情出在浙江台州，号称"才子太守"的唐与正，字仲友，上任以来惩治豪奸，很有政绩，然而他得罪了朱熹和台州副通判高炳如等人。又因唐仲友系主张"功利"的永康学派干将，极反对朱熹空谈义理的儒家道学理论，更令朱熹恼怒的是传闻唐曾讥讽他不识字，妄称大儒。

事也凑巧，朱熹正好官拜浙东提举，台州在他监察范围之内，有权随时罢免官吏。高炳如又趁迎逢朱熹之机，诬告了唐仲友，说唐身为太守，风纪不正，竟让官妓严蕊侍寝，实属大逆不道。

于是，朱熹抓住这个把柄，向皇上连上六疏，弹劾唐仲友。朱熹借"唐严有私"之名刑讯严蕊，满以为一个柔弱妓女，稍加责难便可取供掀翻唐仲友。谁知，朱熹居然失算了，一个多月的拷问，虽把严蕊折磨得遍体鳞伤，却没有弄到一句对唐不利的证词。于是他又把严蕊转囚绍兴府，命绍兴府太守酷刑逼供，严蕊重伤几死，仍誓不屈招。

此事朝野议论，震动孝宗。由于宰相王淮的斡旋，最后以"秀才争

文史纵横

闲气"处理，将朱熹改任赈灾使。

新任浙东提举，是岳飞的三公子岳霖。他得知严蕊无辜受刑，已奄奄一息，将她立即释放，并判她"落籍"从良。释放前，岳霖命她当众作词一首自陈身世，严蕊遂即吟就一首《卜算子》词："不是爱风尘，似被前缘误。花落花开自有时，总赖东君主。去也终须去，住也如何住，若得山花插满头，莫问奴归处。"词意悲切，血泪凝成，表现了她误落风尘、向往自由的志气。

后来严蕊嫁给了一个宗室的近亲，一场风波总算平息了。严蕊成了深明大义的侠女，倾慕者有如潮涌。而朱熹公报私仇，欺凌弱小，暴露了他那官袍下掩藏的"小肚鸡肠"，后人若能以此为戒岂不善哉？

陈宝箴劝说曾国藩

清代湖南巡抚陈宝箴,出身于书香门第,不仅才华出众,更怀有一颗忧国之心。在康有为、梁启超领导的维新变法时期,他是唯一一个支持变法的地方大员。

早年时,陈宝箴在曾国藩手下效力。当时管理安徽、江西、江苏三省军政事务的两江总督曾国藩,与自己的下属江西巡抚沈葆桢发生了矛盾。起因是,当时曾国藩的湘军正在全力镇压太平军起义,为筹措军饷,他要求江西从省财政中拨出一笔钱给湘军。然而,沈葆桢以江西也要镇压太平军为由上书朝廷,拒绝将钱给湘军,朝廷批准了沈葆桢的奏折。这让曾国藩大为恼火,认为沈葆桢是在拆自己的台。要知道当初沈葆桢的这个江西巡抚的位子,还是曾国藩极力向朝廷举荐的。

因为此事,曾国藩与沈葆桢闹得十分不愉快,不再来往,后来沈葆桢虽写信向曾国藩致歉,对方仍不加理睬。

陈宝箴知道这件事后,就打算为二人从中调解。他对曾国藩说:船在大海上航行遇到了大风,掌舵人与撑篙人、划桨人都相互指责叫骂,即使是父子兄弟也不相让。不久,大风停了,船安全地靠了岸,大家摆酒庆贺平安归来,互相慰劳,又像平时一样亲近欢喜。只是他们都是粗人,喜怒无常,在遇到大风时,一时不知所措,互相责骂,做得过分了。

　　曾国藩听完后,若有所思地回答说:船夫们互相责怪,是怕翻船,并无私心,既然船已经靠岸,什么事都没有发生,又何必再生气呢? 听到这里,陈宝箴转入正题说:以往你与沈葆桢巡抚的不愉快,不过是纠缠于军费问题,你们都是怕太平军的侵扰,威胁了两江的稳定。如今两江已经击溃了太平军,安全无事了,为何你们之间的嫌隙不能消释呢?

　　曾国藩听完陈宝箴的这番话,若有所悟,于是主动放低身段,给沈葆桢写信表示重新修好。就这样,在陈宝箴的劝说下,清朝的这两个重臣,最终冰释前嫌,重归于好。

苏东坡与其妻妾

苏东坡的一生跌宕起伏，噩运颇多，但他风流倜傥，情事也颇多。

苏东坡第一位结发妻子是王弗。古代婚姻是由父母包办，王弗嫁给苏东坡也是依父母之命，媒妁之言。当时苏东坡只有十八岁，王弗只有十五岁。但是王弗知道自己嫁的是个年轻英俊的诗人，他大事聪明，小事常常糊涂。

王弗想尽到贤妻的本分，于是在苏东坡与来访客人谈话时，王弗总是躲在屏风后静听。待客人走后，再告知丈夫客人的品行怎样，帮助丈夫决定这个客人是否值得交往。她是苏东坡在青年时期的良师益友，对苏东坡的影响极深。可惜红颜薄命，王弗二十七岁时便病逝了。苏东坡悲痛万分，在她埋骨的山头，亲手栽下许多株松苗，以表达自己年年岁岁守候在爱妻身旁的悲思。

王弗去世后十年，苏东坡仍没有忘记她，为她写下了那首令人摧心扼腕的《江城子·记梦》。词中写道："十年生死两茫茫，不思量，自难忘。千里孤坟，无处话凄凉……"读来让人肝肠寸断。可见他对亡妻的思念之深。

在王弗死后四年，苏东坡续娶了王闰之。王闰之是进士之女，也是王弗的堂妹。她感动于苏轼对亡妻的深情厚谊，以十一岁的年龄差距，

文史纵横

215

嫁给苏东坡做续室,对苏东坡充满了崇拜和敬佩。

王闰之贤淑温厚,善解人意,陪伴苏东坡经历了宦海的大起大落,特别是著名的"乌台诗案"和"黄州贬谪",在苏东坡最落魄时,甘愿和他一起采摘野菜,赤脚耕田。然而红颜易逝,二十五岁时,王闰之也去世了。苏东坡再次痛失了一位患难与共的女子,他悲痛地在悼词中立下誓言:生则同室,死则同穴。他又请画家李公麟画了十张罗汉像献给妻子的亡魂。虽然王闰之只是填房,排在王弗之后,但苏东坡仍执意要将其灵柩与自己埋在一起。

苏东坡还有一位侍妾,名叫王朝云。王朝云是杭州西湖畔的一名舞女,成为苏东坡侍妾时才十五岁,而苏东坡此时已经四十多岁了。朝云虽出身风尘,却气质非凡,更难能可贵的是她能读懂苏轼的诗词赋,理解他的内心,与苏东坡琴瑟和谐。苏东坡曾说:"知我者,唯有朝云也。"并且为其写了许多流传后世的名作,其中的《饮湖上初晴后雨》里刻画的一位优雅少女,就是描写了朝云的形象,可见苏东坡对朝云的怜爱。

苏东坡晚年时境地凄凉,唯有朝云万里相随,几死不悔,对苏东坡始终如一,陪伴苏轼度过了二十三个年头。但最后也不幸染病死在惠州。朝云走后,苏东坡不胜哀伤地写了《朝云墓志铭》《惠州荐朝云疏》等许多诗、词、文章,来悼念这位红颜知己。此后苏东坡再未婚娶。

苏东坡的一生虽然不止一个妻妾,但始终对他的妻妾怀着真挚的情感。虽多情却不滥情,既钟情又不忘情,正因为如此,他才成为为世人所称道的大文豪。

白居易晚年的功德

人生如梦,匆匆就是百年。一个人活在世上,应该留下一点痕迹,哪怕是雪泥鸿爪也好。特别是老年时,如有余力,当思造福于后人,才不枉人生一世。

唐代大诗人白居易晚年退居洛阳。那时他身患中风,脚上又生疮,各种老年病相继袭来。他自知此生时日不多,但还想在有生之年干点实事,造福后人。

唐武宗会昌四年(公元 844 年)冬,七十三岁的白居易施家财与人协同开凿伊河龙门段的八节滩。为此,他写了《开龙门八节石滩诗二首》并序。他在序中说明了开石滩的缘由:"龙门潭之南八节滩、九硝石,船筏过此,例多破伤。舟人楫师,推挽束缚;大寒之月,裸跣水中,饥冻有声,闻于终夜。予尝有愿,力及则救之。"正好僧人道遇与他同有此意,于是协同进行开凿,"贫道出力,仁者施财",他为此写了两首诗题刻在石上。其第二首为:"七十三翁旦暮身,誓开险路作通津。夜舟过此无倾覆,朝胫从今免苦辛。十里叱滩变河汉,八寒阴狱化阳春。我身虽殁心长在,暗施慈悲与后人。"

白居易明知"七十三翁旦暮身",去世只是早晚的事,可是仍然"誓开险路作通津",下决心解决八节滩的水利和航行问题,使长滩变成天上银河一样波平浪静,让"八寒阴狱"变成春意融融的境地。

　　白居易晚年又老又病,末日在望,可是还散尽家财用于公益之事。他这样做,既不邀宠于上,又不沽名于世,更无利可图。他在多病的晚年仍疏财仗义的精神,确实难能可贵,值得称道。

孝武帝的命运悲剧

东晋孝武帝司马曜,平生有两大爱好,一是喝酒,一是开玩笑。正是这两大爱好给他带来了灭顶之灾。

有一天,在延寿堂欢宴群臣,司马曜高举酒杯说:"诸位爱卿,你们说说,朕的治国才能如何呀?"群臣中一些马屁高手,争先恐后地抢答道:"吾主治国才能高过泰山,盖过五岳。"

司马曜听了很高兴,但似乎还不过瘾,就又笑眯眯地启发道:"朕可与古时哪位帝王媲美呀?"青州刺史机灵,高声回答:"陛下文韬武略,盖世超群,前无古人,后无来者。光武帝刘秀只配当你的徒弟,汉高祖刘邦只能望着你的脑勺叹气。"司马曜一听,眉开眼笑,当即宣布:赐青州刺史良田千亩,锦帛千匹。青州刺史连忙叩首谢恩。群臣一听,大吃一惊,谁能想到一句马屁话,竟然得到这么多赏赐啊。

不料,司马曜见状哈哈大笑:"爱卿不用谢了,朕刚才戏言也。朕虽饮酒过量,可心如明镜。今天群臣聚会图个高兴,爱卿用假话吹捧朕,故而朕也用假话赏赐爱卿,这叫礼尚往来,朕与爱卿们寻个开心。"司马曜言罢,堂上顿时一阵大笑,弄得青州刺史站也不是,坐也不是,哭笑不得。

司马曜常常为自己在不同场合开玩笑的创意而满足,只是他不知道,他的命运悲剧已在他的玩笑中,悄悄降临了。

公元 396 年 9 月的一天,司马曜在宫内清暑殿中与宠妃张贵人一起饮酒,张贵人不胜酒力,极力辞谢。司马曜面露愠色,开玩笑说:"你今天如敢违抗君命,拒不陪饮,我可要定你的罪!"张贵人一时火气,起身顶撞说:"臣妾偏偏不饮,看陛下定我什么罪!"司马曜醉眼蒙眬,起身冷笑一声说:"你当年是因为美貌才被封为贵人,如今你年近三十,美色大不如前,白占着一个贵人的名位,明天我就废了你,另选新人。"随后,左右慌忙将司马曜扶入卧室,让他上床睡去。

司马曜本来说的只是开玩笑的一通酒话,但张贵人听了却信以为真,无异于晴空霹雳。想到自己容貌将衰,司马曜已经厌弃,一时又气又恨,顿时起了杀心。她洗脸换衣后,招来心腹宫女,偷偷溜进卧室,见司马曜睡得正熟,就用被子蒙住他的脸,再搬来重物压在他身上。司马曜挣扎一番,终于被活活闷死了。死时年仅三十五岁。

北宋善待文人的国策

北宋开国皇帝宋太祖赵匡胤,喜爱读书,手不释卷,也十分爱惜人才。他登基以后,定下律条"不杀士大夫",并勒石秘藏,嗣后即位的皇帝都要跪诵而执行。国策一出,文人非常拥护,忠君事主,报效朝廷。这样,便出现了思想活跃、言论通达、文化发展、经济繁荣、社会安定的政治局面。

有一次,宋太祖宴请群臣,翰林学士王著酒喝多了,在宴席上大声喧哗哭闹,有人上奏宋太祖,言王著借酒撒疯,实际上是思念旧主周世宗,应当严惩。宋太祖毫无责怪地说:"他喝醉了,一个书生,哭哭旧主,出不了大事,让他去吧。"可见宋太祖善待文人的宽阔胸怀。

宋太宗赵光义即位后,在朝中设立"崇文院",任命一批文人学者在"崇文院"担任官职,负责收集、整理和保管各种书籍文献。他还下旨召来文人李仿,让其组织文人学者编写百科全书式的大型工具书,历时十年,编写了一千多卷的《太平御览》。直到今天,这部书仍为文史学者的重要工具书之一。

宋神宗赵顼即位后,元丰二年,苏轼因"乌台诗案"被捕入狱,幸亏宋太祖定下的"不杀士大夫"国策,只坐了一百零三天牢就出狱了,躲过一劫。宋哲宗赵煦即位后,苏轼就被召回朝廷,不久升任翰林学士。

文史纵横

221

北宋善待文人的国策,为文化发展提供了宽松的政治环境,调动了广大文人创作的积极性,使文学艺术走向繁荣,无论是散文,还是诗词、艺术,都达到了鼎盛时期,涌现了一大批政治家、思想家、文学家和艺术家,如包拯、范仲淹、欧阳修、曾巩、司马光、王安石、柳永、苏洵、苏轼、苏辙、张择端等。在唐宋八大家中,北宋就占了六位,即欧阳修、曾巩、王安石和"三苏",张择端笔下的《清明上河图》也成为稀世之宝,范仲淹的《岳阳楼记》中所抒发的"政通人和"的思想更是流传千古。

曹公笔下的袭人

在《红楼梦》一书中，曹雪芹对袭人投入的笔墨甚多。袭人善于审时度势，十分懂得处世的哲学。在曹公的笔下，袭人是一个聪明贤惠、善良豁达、恪尽职责的人。

袭人对主子忠心耿耿，一心一意，书中这样写道："她伺候贾母时，眼中只有一个贾母，伺候宝玉时，眼中就只有一个宝玉。"如此专一忠心，实属难能可贵。

袭人遇事能够很好地把握时机。王夫人喊宝玉屋里的人过去问话，袭人便决定自己过去。王夫人问她有没有听到贾环说宝玉的什么坏话，聪明的袭人只说不知道。她十分清楚，在领导面前说其他人的是非，于己没有多大好处。袭人懂得在适当的时候向领导提一些富有远见的建议。第十八回，袭人到王夫人那里汇报："老爷也应该管管宝玉，别让宝玉住在大观园了。"此话一出，王夫人大吃一惊，并对袭人大为欣赏。随即王夫人对袭人承诺："我就把他交给你了，我自然不辜负你。"这话就是一颗定心丸，能让袭人死心塌地去工作。

袭人虽然是怡红院的管家，但她从不摆谱，反而善解人意，十分隐忍、随和宽容，恪尽职责，所以备受贾府领导们的认可。王夫人一口一个"我的儿"，并且含泪地说："你们哪里知道袭人那孩儿的好处。"在贾府的那些下属员工中,丫環妈妈们对袭人的看法也不错。

袭人对晴雯的态度一贯友好包容。当晴雯因摔坏扇坠和宝玉吵架,泼骂袭人"就连你们背地里鬼鬼祟祟干的那些事,也别当我不知道"时,袭人不过淡淡地回了句:"你是在恼我?还是在恼爷?"当宝玉执意要撵晴雯出去,她又一再拦住宝玉。最后实在拦不住,只得跪下求情。晴雯素日对她不恭,但她竟为留下晴雯而向宝玉下跪,这种豁达包容令人不得不动情。

在众多的红楼女子里,袭人的结局算是好的。在大观园里,袭人爱宝玉,爱得真诚无私,她无微不至地照顾着宝玉的生活,还时刻为宝玉的前途着想。第二十一回"贤袭人娇嗔箴宝玉",就将袭人的爱挥写得淋漓尽致。即便这般,袭人仍旧理智从容。当贾府一朝败落,大观园被抄检后,宝玉出家,袭人才走出了纷扰颓败的大观园,与戏子蒋玉菡结为夫妻,过上了平民的生活。当现有的生存环境被破坏,无法挽回时,袭人没有太多的抱怨,没有沉沦,而是平静地接受,重新规划自己的未来。其实,此举并非无情无义,当爱已经消逝不复返时,最好的方法就是抽身而出,另择栖息之地。

袭人的处世哲学,不论在职场生活,还是在爱情生活,都有值得我们借鉴之处。

一个骑兵的平常心

宋太祖赵匡胤当初还在后周柴世宗手下为将时,有一次与敌军厮杀,战马突然中箭而死。赵匡胤跌落马下,敌军趁机围了上来。正在这时,赵匡胤手下的一个骑兵,突然飞驰到他面前,跳下马来喊道:"将军快上马!"情急之中,赵匡胤只匆匆看了那骑兵一眼,便跨上战马,与敌人拼杀起来……

战斗结束后,赵匡胤想找到救自己的那个骑兵,因为不知道名字,便传令全军询问,孰料没有人站出来承认。后来,赵匡胤做了皇帝,他感到自己大富大贵了,更不能忘掉恩人,就根据自己的记忆描绘出那人的模样,然后让人画了像在全国寻找,仍没有结果。赵匡胤想,可能那名骑兵已战死了。

过了几年,一天,有个人拿着画像来到皇宫前,对侍卫说:"你就说是这个人要求觐见。"宋太祖听说恩人来了,急忙相见,虽然已过了十多年,但他立刻就认出来人,拉住他的手激动地说:"我找你许多年了,你怎么到现在才来找我。"

那人说:"我当年救你,是因为你是军中之帅,救你就是救全军啊!那次战斗之后,我因负伤回了家乡。我今天来找你,并非为自己而来。我的家乡这两年大旱,颗粒无收,而地方官吏又隐匿灾情不报,致使现在饿殍满野,惨不忍睹啊!小民实在坐不住了,希望陛下救救百姓吧!"

　　宋太祖听后,立即命人筹备赈灾之事,又下令赐给恩人黄金十万两,官位随意挑选。没想到那位骑兵却说:"若是为了当官和钱财,我早就来领赏了。我只想凭自己的本事生活,当一个普通的百姓。如果陛下恩准把赐我的黄金也一并作为赈济款,小民就感激不尽了!"宋太祖看实在无法把他留在朝中,就准备派他押运这批钱粮回去,可他却推辞道:"赈济之事,体现的是陛下爱民之心,我可不想让人误认为这是陛下在还当年的感情债啊!"最后,宋太祖没办法,就亲笔写了一张字条,递给他说:"如果你遇到了什么难处,只要拿这字条让地方官看一下,他就会帮助你的。"

　　许多年后,那骑兵在平静中死去,人们在他的遗物中发现了宋太祖的亲笔信。这个生前始终没有利用与赵匡胤的关系占丝毫便宜的人就是邢悚。

任县令时的胡宗宪

胡宗宪,安徽绩溪人,明朝嘉靖年间考中进士,由最初的县令,一直干到兵部尚书,与现在的国防部部长相当。

嘉靖二十六年(公元 1547 年),胡宗宪受朝廷委派,前往浙江余姚任知县。当时的余姚是个商品经济比较发达的地区,民事纠纷也相对繁琐,很多案件都是陈年积案。

胡宗宪到任后,对政务的轻重缓急条分缕析,对一些疑难案件的处理,颇令当事人折服,又加上那两年天公作美,风调雨顺,农业连年丰收,百姓安居乐业,社会稳定和谐。由于政绩优异,胡宗宪被朝廷提升为湖广道侍御史。这一消息传出后,余姚的老百姓不乐意了,他们纷纷拥向县衙,"封堵"胡宗宪,不让他离开,想通过这种方式来挽留胡知县。

这时,居然有人跪到县衙,从胡宗宪的脚上,将他的官靴脱下来。然后,拿着这只官靴跑出来,将官靴悬挂在县衙门口,让大伙儿都行动起来,以留住这位清官老爷。

当然,这只能表示百姓对父母官的敬意。胡宗宪离开余姚后,当地百姓又捐资修建"去思碑",表示对离任的胡知县的思念。

四年前,胡宗宪出任山东益都县令时,也颇得益都百姓的拥戴。任期快结束时,胡宗宪突遇母亲去世。他匆忙收拾行李,要回家奔丧。益都百姓知道胡县令任期将满，估计此番回乡之后，有可能被调往别处任职，因此纷纷上书挽留，奔走悲号，如失父母。胡宗宪临走时，益都百姓上万人，持筐篋，携送百里外，哭声震野。这么一大群人，跟在胡宗宪的身后，一边送一边哭，行程百里，哭声惊动远近，这种场面，实在感人。

为了让这些百姓早点回去，胡宗宪几次中断行程，劝百姓回去，可这些乡民仍恋恋不舍地跟随着，从益都一直跟到黄河边。当时，正值河水泛滥，胡宗宪再次停下来，劝百姓回家，但乡民们执意不归。当胡宗宪到达绩溪故里时，居然还有五百多名益都百姓跟在身后。

宰相范尧夫的忠恕

　　程颐是宋代著名的哲学家,与其兄程颢同为宋代"理学"的奠基者。他的学说,后来由朱熹继承发扬,成为"理学"中的正统。

　　有一天,程颐来到刚卸任宰相之职的范尧夫家中小坐。言谈中,程颐很直接地说:"你任宰相时,有许多地方做得不好,难道你现在不觉得惭愧吗?"范尧夫谦恭地说:"请你指教。"

　　程颐又说道:"你做宰相的第三年,吴中地区发生洪涝灾害,百姓们以草根树皮充饥,地方官报告多次,你却无动于衷,还是皇帝提出要你办理赈灾事宜,你才采取行动,太不应该了。"范尧夫连连谢罪。

　　后来,皇帝有事召见程颐,程颐大谈了一通治国安邦之策,皇帝听了赞叹不已,说:"你大有当年范相之风。"

　　程颐对皇帝的称赞不以为然:"范尧夫曾向皇帝进献许多忠言良策吗?"

　　皇帝命人抬过来一个箱子,里边全是范尧夫当年的奏折。程颐打开观看,见他当初指责的那些事,范尧夫早已说过,只是由于某些原因,施行得不够好罢了。

　　程颐红了脸,第二天便登门给范尧夫道歉。范尧夫哈哈一笑:"不知者无罪,你不必道歉。"

由此事可见,范尧夫的确雅量非凡。难怪他虽然才气不如其父范仲淹,却能后来居上,官至宰相。

范尧夫曾自我总结:"吾生平所学,得忠恕二字,一生用之不尽。"什么是忠恕呢? 他的解释是:"用苛求别人的心来要求自己,用宽恕自己的心来宽恕别人。"

曾在宿州的白居易

白居易,祖籍山西太原,公元772年出生于郑州新郑县。他所身处的中唐是一个多难的年代,从十多岁时,白居易就随母亲避居他乡。

唐建中三年(公元782年),郑州一带发生战乱,白居易随母迁至父亲白季庚的任职地徐州。未住多久,战事又起,白季庚便将白居易的母亲送到安徽符离(今宿州市符离集),安居在今宿州市以北老符离东北一公里处的濉水南畔东林草堂,另将白居易送到越中去避难。从此,白居易便开始了"关河千里别,风雪一身行"的漂泊生活。

贫困的生活中,白居易更加思念自己的故乡与亲人。贞元三年(公元787年),白居易回到符离家中。此时的白居易已经写出不少可以传世的好诗,其中最有名的是五言律诗《赋得古原草送别》:"离离原上草,一岁一枯荣。野火烧不尽,春风吹又生。远芳侵古道,晴翠接荒城。又送王孙去,萋萋满别情。"这首诗,在"赋得体"中堪称绝唱,脍炙人口,流传至今。

贞元五年(公元789年),十八岁的白居易在父亲的鼓励下,希望通过自己的诗才被举荐而谋得一官半职。但是,希望最后落空。次年,重返符离家中的白居易学习作赋,刻苦读书。在符离家居几年的苦学,使白居易在学识文章上获得了长足的进步。

文史纵横

　　贞元八年(公元 792 年),白季庚调任襄阳别驾,白居易送母来到襄阳。两年后,白季庚病逝于襄阳官舍,这对其家庭和白居易个人的打击都极大。白居易在送母亲回到符离安顿好之后,贞元十四年(公元 798年),南下饶州、宣州,投靠任饶州浮梁主簿的长兄白幼文和任宣州溧水县令的叔父白季康,以求继续读书,参加科举考试。

　　贞元十六年(公元 800 年),白居易在长安考中进士,旋即东归省亲,途经河南,恰逢战乱,加之饥荒,漕运受阻。感时伤怀,白居易遂作诗一首,诗中写道:"时难年荒世业空,弟兄羁旅各西东。田园寥落干戈后,骨肉流离道路中。吊影分为千里雁,辞根散作九秋蓬。共看明月应垂泪,一夜乡心五处同。"在这里,白居易以绵柔真挚的情感,勾勒出一幅五地望月共生乡愁的图景,创造出浑朴纯真的艺术境界。

南京静海寺的沧桑

位于南京下关狮子山下的静海寺,濒临长江,始建于明代永乐九年(公元1411年)。

初建时的静海寺规模宏大,有大雄宝殿、天王殿、正佛殿、潮音阁等八十多楹,环之以钟楼、井亭、三里殿等建筑景观,占地面积达两万多平方米。这里殿阁参天,重檐复宇,假山玲珑,清溪淙淙,古木交错,前有扬子江千帆凌波,后有狮子山万木含翠,号称"金陵律寺之冠"。

1405年,航海家三宝太监郑和,奉明成祖朱棣之命,率领六七十艘大船组成的船队,七下西洋,出师海外,进行经济贸易和文化交流。这支庞大的船队"云帆高张,昼夜星驰",穿过了马六甲海峡,横渡印度洋,到达非洲东部,访问了三十多个国家,第一次开通了中国到西亚、东非等国的国际航线。郑和首航西洋的时间,比欧洲哥伦布远航美洲还早八十七年。郑和七下西洋总计航程在十万里以上,是我国也是世界航海史上的伟大创举,在历史上留下了浓墨重彩的一笔。

明成祖朱棣为表彰郑和等人远航海外的功勋,敕命在南京建造佛寺,赐额"静海",取四海平静之意。郑和晚年曾居住于此。

人们走过静海寺,无不为这里的宏伟建筑群而注目良久,也无不对这位三宝太监远航的壮举产生仰佩之情。

　　然而,当我国历史开始进入近代的时候,历史的风云曾在这里变幻,静海寺蒙受了奇耻大辱。1842 年 8 月 10 日,英军在攻陷上海、江阴、镇江等地后,长驱直入,八十多艘军舰闯进了下关江面,大炮直指南京城。面对大军压境,清朝统治者急得像热锅上的蚂蚁,立即派钦差大臣耆英、伊里布日夜兼程,赶到南京屈辱求和,多次在静海寺与英军派出的头目进行妥协投降的议约活动。

　　8 月 24 日,英侵华军总司令、驻华公使璞鼎查到静海寺,耆英等人不敢怠慢,用大轿把他接到寺前,鸣礼炮、奏乐,士兵夹道迎接。8 月 29 日,在下关江面英军的"汉华丽"号军舰上,签订了割地赔款、丧权辱国的《中英南京条约》。条约签订后,英国人又要耆英、伊里布犒劳英军,耆英等人一概答应,在静海寺内杀猪宰羊,摆下酒宴,英军头目在寺内大吃大喝,还要为守护军舰的英军送去酒食,以示"慰劳"。静海寺从此成为中华民族遭受奇耻大辱的历史见证者。

　　后来的岁月,静海寺屡遭战乱,特别是 1937 年 12 月,日军侵华占领南京期间,破坏十分严重,许多建筑荡然无存。1986 年,南京市决定复建静海寺,现已辟为《中英南京条约》史料陈列馆。

此"赤壁"非彼"赤壁"

历史上的赤壁之战,实有其事。这是汉末促成三国鼎立的关键性一仗,也是我国战争史上以少胜多、以弱胜强的战例之一。它在《资治通鉴》里有记载,在《三国志》中有详述,经过艺术加工的《三国演义》写得更惊险生动。

还有不少历代诗人赞叹过赤壁,留下了不少诗篇。苏东坡写的《念奴娇·赤壁怀古》就是其中之一。"大江东去,浪淘尽,千古风流人物。故垒西边,人道是,三国周郎赤壁。"词风豪迈、千古传颂的唐代大诗人李白写的《赤壁送别歌》,诗中"二龙争战决雌雄,赤壁楼船扫地空"也极有气势。这些诗都以赤壁为题,追忆了当年的赤壁之战,写了当年"雄姿英发"的周瑜。其实,史料记载的赤壁,和诗人们所写的赤壁是同名,但却在两个不同的地方。

史料记载的火烧赤壁的古战场,在现在的湖北省蒲圻市境内。元和县志记载:"赤壁山在今蒲圻县西八十里,一名石头关,北临大江,其北岸乌林,与赤壁相对,即周瑜用黄盖策焚曹操舟船败走处。"

而另一个赤壁,不少诗人咏叹过的赤壁,又名黄州赤壁,在现在湖北省黄冈县境内。因山岩陡峭,屹立如壁,且色呈赭赤,故名赤壁。它与武昌西山、樊山遥遥相对,山下的长江浩荡奔流,波涛连天。由于苏东坡在此写成著名的《念奴娇·赤壁怀古》,所以为了有别于蒲圻赤壁,把它称为"东坡赤壁"。其实,两个赤壁直线距离约二百公里。

此"赤壁"非彼"赤壁",是诗人有误吗?不是的,而是由此及彼,是联想的火花燃起诗人的豪情,怀古咏叹,也可说是借题发挥吧!

大师的痴是一种境界

在我国历史上,很多在学术、思想和文化领域取得重大成就的大师级人物在平时的生活中,往往显得有些痴呆。

著名的学者闻一多嗜书成瘾,结婚当天,洞房里张灯结彩,热闹非凡。大清早亲朋好友都前来贺喜,迎亲的花轿马上就要到家门口了,却怎么也找不到新郎。于是大家东寻西找,结果在书房里找到闻一多。只见他仍身穿旧袍,手里捧着一本书入了迷。

抗日战争初期,清华大学教授从长沙前往昆明,途径镇南关时,司机通知大家,不要将手臂放在车窗外,要过城门了。别人听了很快都照办,唯有哲学家冯友兰听后,禁不住问:为什么不能将手放在窗外,放在窗外和不放在窗外的区别是什么,普遍意义和特殊意义又是什么? 话还没说完,手已经骨折了。

哲学家金岳霖是一个近乎不食人间烟火的怪物。他整天沉浸在抽象的逻辑世界里,为了心中挚爱的林徽因,他终生不娶。他家中除了书,就是一只与他可以同桌共食的大公鸡。1938 年 9 月 28 日,日本飞机突袭西南联大,金岳霖当时正埋头书斋,以至于对空袭警报竟然充耳未闻。结果几枚炸弹落在他那栋楼的前后,巨大的爆炸声终于将他惊醒。当他从楼里跑出来,看着地面上的一片狼藉,居然一脸茫然,不知道发生了什么事。

国学大师刘培,平时不修边幅,蓬头垢面,衣履不整,简直就像一个疯子。他住在北京白庙胡同时,一日,教育部旧同僚易克臬来访,看见他一边看书,一边吃馒头,面前摆着一碟酱油。谁知他看书入迷,以至于将馒头在墨盒里蘸着吃,嘴和脸涂得一片漆黑。

晚清思想家龚自珍为人怪诞。一天,有客人来访,二人从早晨一直谈到下午。客人尽兴要走,龚自珍送客时,发现找不到鞋子,于是光着脚将客人送走。回来后又和佣人一起,找遍了屋子也找不到鞋。几天后,佣人在龚自珍床头蚊帐的顶上见到鞋子。原来龚自珍与客人谈话时,兴高采烈,手舞足蹈,以至于将鞋踢到蚊帐的顶上,竟然没有察觉。

作家李辉在一篇文章中这样写道:"痴是陶醉,痴是达到几乎物我两忘的程度,痴就是一种境界。"大师之所以是大师,就在于他们对学问非常专注,达到一种物我两忘的境界。由于大师把注意力长期集中在学术研究上,所以在一些日常小事上,便往往显得笨拙、痴呆。

风景如画

FENGJING RUHUA

壮观的钱塘江潮

浙江钱塘江潮为天文大潮,发生在钱塘江向杭州湾入海的河口处。钱塘江潮来势迅猛,潮头极高。虽然英国的泰晤士河、法国的塞纳河、孟加拉国的恒河、巴西的亚马孙河,这些河口都有涌潮的发生,但是它们都没有钱塘江潮那么雄伟壮观。因此,钱塘江潮自古以来就以"天排云阵千雷震,地卷银山万马腾"的胜景,被誉为"天下奇观"。

钱塘江潮之优美壮观,以海宁潮为最。每年农历八月十八日观潮节前后,国内外数十万观潮者,潮水般地涌向海宁,沿江的海塘上车水马龙,大家都争睹这"天下奇观"

海宁观潮,由来已久。早在南宋时,就把农历八月十八日这一天定为"潮神生日",并在钱塘江上检阅水师,使观潮与观看军事演习相结合。后来每逢农历八月十八,民间便自行汇集到海宁盐官镇观潮,年复一年,久盛不衰。

古往今来,有很多文人墨客写下了描绘钱塘潮的气势磅礴的诗章。李白有"浙江八月何如此,涛此连山喷雪来",杜甫有"天地黯惨忽异色,波涛万顷堆琉璃",苏东坡有"八月十八潮,壮观天下无",刘禹锡有"八月涛声吼地来,头高数丈触山回"。此外,孟浩然、白居易、陆游、郑板桥等也都留有观潮抒怀之作。

钱塘大潮来时，由远及近。初时但见远处天边一条素练缓缓而来，伴着隆隆的声响，素练逐渐临近，顷刻间变成了高耸的水墙。这时，观潮的人们首先可以看到从东面咆哮奔来的另一支潮头，翻滚在已到的潮头上面，形成滔天巨浪。紧接着，东面先到的潮头，在前面遇到岸壁反弹回来，形成一个更为迅猛的回头潮，三支潮头砰然相击，顿时腾起十余米高的冲天水柱，排山倒海，雷霆万钧，涛声震耳，气势磅礴，令人叹为观止。

若是在夜晚，人们还可观看"月中齐鸣半夜潮"。当月色如洗，江潮忽来时，江面陡寒，水气氤氲，天地变色，潮声轰鸣，惊涛裂岸，也别有一番绝妙的乐趣。

其实，钱塘江潮每日都有昼夜两潮。农历初一至初五、十五至二十，都是大潮日。一年有一百二十天的观潮佳日，只是八月十八日潮最盛而已。为促进旅游业的发展，数十处以钱塘江潮为载体的重点文物古迹得到修葺和保护，其中包括海神庙、御碑亭、汉白玉牌坊、占鳌塔、镇海铁牛、中山亭、小普陀寺、鱼鳞石塘等。人们来到这里观潮，总能感受到积淀深厚的观潮历史文化。

人间仙境蓬莱

蓬莱位于山东半岛的东北部,地势险要,是我国最早的海军基地之一。明代的民族英雄戚继光,曾在蓬莱的水城操练水师,抗击倭寇,威震海疆。

蓬莱的自然风光很有特色,偎山抱海,气势磅礴,烟波浩渺,偶见海市奇景,素以"蓬莱仙境"闻名于世。

在蓬莱城内,最引人注目的是城东北丹崖山上的蓬莱阁。蓬莱阁坐落在下临大海的千仞赤崖上,高大的宫阙,凌空拔起,云霭缭绕,巍然而立。据说宋朝嘉祐年间,郡守朱处约看这里山势高峻,风景优美,就把原有的海神庙移到一侧,在山崖处兴建了殿阁,以后历代又在阁的周围增筑了观澜亭、避风亭、卧碑亭、苏公祠、澄碧轩、吕祖殿、天后宫等,成为一个庞大的古代建筑群。整个建筑由东、中、西三部分组成,好像舒翼腾跃站在崖顶的雄鹰,面对洪波涌起的茫茫人海,昂首长鸣。

蓬莱阁自古为文人学士雅集之地,至今藏有他们观海述景题刻二百余石,翰墨流芳,更为海天增色。石刻上的书法,各具特色。宋朝的著名诗人苏东坡,曾登蓬莱阁,留下《海市诗》、《观海二首》、《游珠玑崖》等手迹,是阁上石刻中艺术价值最高的珍品。

据说常年居住在蓬莱的人,有时可以看到远处的海面上突然浮现出地面的物象,有楼阁、亭台、树木、车马、人群等。这种海上奇景,被称为"海市蜃楼"。古代人们对这样的神奇现象感到迷惑,他们根据主观的想象,以为那里是神仙居住的地方,从而创造并流传了许多美妙动人的神话故事。如流传甚广的"八仙过海",有人说就发生在这里。

蓬莱的海山,还隐藏着很多幽玄。在蓬莱阁后,有一深洞,洞口巨石横卧,形如狮子。每当下雨之前或空气湿度较大时,洞内便飘出阵阵云雾,因此被称为"狮洞烟云"。蓬莱阁后崖下砾石滩上,由于海浪长年累月雕凿细磨,使这里粒粒细石,溜光滚圆,遍布海滩,恰如"万斛玑珠"。城东外三十里,还有一漏天岩,飞岩下覆,有无数细孔,滴水不断。岩下海中,有天然石井,投入石子,会发出像铜器碰击的清脆声响,尤其明月当空,映入井中,金波荡漾,景色更为幽雅,被称之为"铜井金波"。

蓬莱处处有胜景,很早就被誉为人间仙境。登上蓬莱阁,扶栏四顾,不仅可鸟瞰蓬莱全城,且可看到海上长鲸似的长山列岛。这里青山琼楼衬于海天,人立其间,大有"伸手摘云,挥手弄潮"之势,此刻,连自己也仿佛飘然成仙了。

天下奇秀雁荡山

浙江省东部有三座雁荡山,即北雁荡山、中雁荡山和南雁荡山,并称为"东瓯三雁",其中尤以北雁荡山最为著名。通常说的雁荡山,就是指的北雁荡山。

北雁荡山位于浙江乐清县东北部,其主峰之一雁湖冈,海拔一千零四十六米。雁湖冈顶有湖,芦苇丛生,结草成荡,秋雁常来栖宿,因而得名为"雁荡"。

雁荡山层峦叠嶂,起伏连绵,绮丽奇特,巍峨出众,既有泰山之雄伟、黄山之挺秀,又不失庐山的飞瀑、峨眉的烟云,故宋代的科学家沈括在《梦溪笔谈》中称之为"天下奇秀"。

雁荡风光,贵在天然,尤以峰、石、洞、瀑著称。座座奇峰拔地而起,高耸入云,千姿百态,气势磅礴。同一座山峰,横看侧望,移步换形,变化无穷。以号称"雁荡风景三绝"的灵峰米说,如果站在灵峰寺右侧观看,只见灵峰和其右边的依天峰紧紧相依,好像两手合掌,故称"合掌峰",夜晚走到灵峰寺东南角再看,"合掌峰"变成了一对互相依偎的青年男女,故又称"夫妻峰"。倘若走到灵峰寺西南角仰望,"夫妻峰"则变成了一对丰满的乳房。

雁荡山群峰之中还遍布巨石。在与灵峰并列为"雁荡风景三绝"的灵岩风景区,奇石星罗棋布。人们根据这些岩石的不同形状,发挥了丰富的想象力,分别命以种种美名,如老僧拜塔、金鸟玉兔、朝天鲤鱼、听诗老叟、虎鹿相斗、灵猫捕鼠等,均形象逼真,富有诗意。

雁荡山的瀑布多达十几处,其中最大的瀑布就是名闻海内的大龙湫。它和灵峰、灵岩一起,被誉为"雁荡风景三绝"。瀑布从高约一百九十米的连云峰凌空而下,仿佛九天银河飞泻,气势非凡。清代袁枚为此写了一首长诗,诗中形象地写道:"龙湫山高势绝天,一线瀑走兜罗棉。五丈以上尚是水,十丈以下全是烟。况复百丈至千丈,水云烟雾难分焉。"

雁荡山名胜,俯仰皆是。近年来,随着旅游事业的发展,到雁荡山旅游观光的人越来越多。古人曾说:"欲写龙湫难下笔,不游雁荡是虚生。"此话看来夸张,但凡是到过雁荡山的人,都深深感到此言非虚,这句话也自然而然地成了雁荡美景最好的宣传语。

蔚然深秀琅琊山

  琅琊山位于安徽省滁州市西南五公里处,总面积约四十平方公里,供游览的主景区约八平方公里。宋代文学家欧阳修在《醉翁亭记》中称:"环滁皆山也。其西南诸峰,林壑尤美,望之蔚然而深秀者,琅琊也。"即指此山。

  琅琊山,群山起伏,沟谷纵横,海拔虽然不高,但十分险峻。山峰耸然而特立,幽谷窈然而深藏,满山遍野林木葱茏,景色淡然而俊秀,素有"蓬莱之后别无山"的美誉。

  琅琊山不仅以其优美的自然景观为游人所喜爱,更以其丰富的人文景观著称于世。唐宋著名人士李幼卿、韦应物、李德裕、欧阳修、辛弃疾等人,相继在滁州任职。他们开发山川,造寺造亭,除留下名胜古迹外,也留下了名篇佳句。特别是北宋文坛巨子欧阳修,在任滁州太守时,写下的《醉翁亭记》和《丰乐亭记》两篇散文,以清新隽永的笔调,描写了琅琊山的风貌人物,抒发了作者谪官滁州后的坦荡情怀,乃写景抒情的不朽名篇。文学家苏轼又手书"两记",铭刻山上,欧文苏字,真乃二绝。

  琅琊山,有山有水,有亭有泉,有园林有古寺,山清秀,水清透,亭翼然,泉有声,园野香,寺清净,创造出一个空灵悠远、意味深长的境界,给人说不尽的美好感觉。

琅琊四时之景皆不同,秋天的琅琊山层次更丰富,景色更美丽。绵延的古道,连接着琅琊好景,一座山因欧阳修而闻名天下,又因遍山的风雅小亭而名传千古,醉翁亭、意在亭、影香亭、丰乐亭,亭亭奇趣,其中又以醉翁亭最为有名。你还可以在深秀湖的湖心亭水中观飞檐。乘竹筏泛于湖上,遥望层林掩映着的湖光山色,穿过九曲桥,体验桥外又一景的精彩。琅琊古寺始建于唐代,大雄宝殿内有很多大佛,神态各异,栩栩如生。殿中梁柱、檐口雕龙刻花,工艺精细。殿北侧有明月观,观内有明月池,泉水清澈如镜,池上有明月桥,拱若弯月,是观天上、池中明月辉映的佳境。这里钟声袅袅,人影点点,香火缭绕,将古寺的幽静和秋的高远结合在一起,奇妙壮丽。野芳园里,你可以看到苏轼江南园林景致,另有配套的亭台楼阁,小桥假山,曲径通幽,加上琅琊山的名人墨宝,又为园林增添了诸多人文之气。

琅琊山,名山与名人、名文、名寺、名亭、名泉、名碑、名园融为一体,山水都活了起来,是我国文化名山之一,更是登高赏秋的黄金旅游地。

美哉！张家界

　　一走进张家界景区，第一眼就会令人叹为观止，万山忽然拔地而起，宛如一道千姿百态的石屏风，矗立在你的眼前。在五彩缤纷的画廊里，不用爬山，只需悠悠地走着，尽情欣赏眼前的美景。

　　金鞭溪远远地从山林中流来，时而在山石间急急奔流，时而舔着崖壁静静地淌，时而又冲出一个旋涡，飞转几圈，然后又向前冲去。溪两旁的高山，或如攥拳击天，或如狂魔出世，或如斜塔劲削，或如碉堡雄峙，吸天地之灵气，显宇宙之神奇。层层叠叠，浓浓淡淡，深深浅浅，高大而险峻，需仰视才可及顶峰。山峦之中，千丈绝壁上挂满了青松古藤，那龙爪样的虬枝，仿佛一件件天然奇巧的盆景。一丛丛野竹在山脚下扭着轻巧的腰肢，款款而舞。一枝枝蓝莹莹、黄灿灿的花儿开得正欢；一只只蓝色、黄色的蜻蜓在花丛中戏耍，真分不清哪是蜻蜓，哪是野花，只是一片五彩斑斓。艳阳从对面的山缝中透过一丝一缕的霞光，于是峻峭的峰顶被镶上了金边。

　　走在山谷间的青石板路上，伴着鸟儿的啾啾声和虫子的唧唧声，采一枝山花插在帽檐，捉一只蜻蜓任它歇在肩上，不时低头听小溪流水潺潺，又抬头看山间云雾缭绕。好一份幽雅，好一份宁静，好一份闲情，仿佛进入童话世界。难怪有人说："人游山峡里，宛在画图中。"

風景如画

　　纵目望去,那高高低低的峰峦,忽而挨挨挤挤,忽而遥遥相望,分而又合,合而又分。走着走着,便见"千里相会"的景观。两座如人形而立的山依偎在一起,犹如一对朝思暮想的人儿终于相会了,他们高兴地紧紧拥抱着,如诗如梦,如痴如醉,爱得如此痛快。

　　再往前行,眼前赫然耸立起一座柱形山峰,腰缠绿,头顶翠,青衣侠士般岿然傲立,侧望似长鞭。近处又一座山峰,像威风凛凛、栩栩如生的苍鹰一样,忠实地守护在长鞭旁,好个"神鹰护鞭"。大自然的造化竟如此美妙绝伦。

　　眼前的山粗犷而冷峻,令人感到一种刚正不阿的质朴美,似一幅凝重的画,如一首深邃的诗,若一个清新的故事。如今,我已归来,却仍时时咀嚼它的意味。令我梦魂萦绕的张家界,美哉! 奇哉!

宁静的泸沽湖

泸沽湖位于四川省盐县与云南省宁蒗县交界处,是一座高原上的湖泊,面积不足五十平方公里,并不算大,但非常深。湖周围青山环抱,湖水透明洁净,湖中有三个小岛,湖湾曲折,碧波荡漾,蓝天白云倒映水中,是一方充满温馨神秘和浪漫色彩的净土。

冬天的泸沽湖游人较少,我们一行四人,乘坐摩梭人用整段树凿空制成的独舟,缓慢地迂回于湖面的水草之中,虽有几分寒意,但空气十分清新。一只只白色的海鸥,展开双翅,贴着水面滑翔而来,临近小船,又扇动双翅上升,盘旋飞翔。这是天堂派来的友好使者,是演奏泸沽湖华彩乐章的精灵。

我们惊喜万分,没想到在这里能遇见这么多长途跋涉来越冬的候鸟,它们如此地愿意与人亲近。我们拿出小饼干,随手抛向空中,海鸥们腾地一下群起而飞,冲过来用嘴在空中衔住了食物。更有绝技者是在食物快落入水中的千钧一发之际,才俯冲下来抓住了食物。

小船渐渐向湖心划去,抬头一看,雄伟的格拉姆女神山(俗称狮子山),雄踞于泸沽湖的正北方,山顶海拔三千多米,大有拔地而起之势。就在这时,远处的湖边,黑压压地涌起一片乌云,铺天盖地地向湖中扩散开来。原来,那是一大群野鸭子。野鸭群眼看由远及近飞来,但是没有一只出现在小船的周围，而是转瞬即逝，落在湖里的水草之中。

海鸥却永不疲倦地飞翔、游弋，没有离去之意。在高原的强烈阳光之下，湖水湛蓝，白色的海鸥浮在水面上，就像一朵朵洁白的荷花，守护着泸沽湖的安详和宁静。它们在抢夺食物时唱起兴奋的歌，在水面上反射出清脆的回声，传到高远的天空中。

泸沽湖周围居住的主要是摩梭人，他们至今还保留母系氏族社会遗风，沿袭着一种"走婚"习俗。成年男女一经建立亲密的情侣关系之后，男子夜间到女子家里同居，次日黎明前返回，生产生活仍各在其家。女人是家庭之主，子女从母姓，随母而居，血缘按母系计算。这种迄今还存在的"母系家庭"及"走婚"遗俗，被有关学者称为"人类婚姻的活化石"。

世世代代生活在泸沽湖畔的摩梭人，在泸沽湖这个生态大舞台上，高唱着一首人与自然的和谐之歌。

远方的客人请你留下来

"路旁的花儿正在开,树上的果儿等人摘……"一曲优美的彝族民歌,将我们带进了石林。

石林位于云南省路南彝族自治县。这里群峰壁立,千幢叠翠,奇峰危石,千姿百态。一根根巨大的石峰、石柱拔地而起,直刺青天,远望犹如一片莽莽森林,蔚然壮观。

来到剑峰池,我们陶醉在迷人的景色中。一泓碧水,像明镜镶嵌在奇峰异石之间,池水蜿蜒流淌于岩石中,水上小桥相连,凭栏望,一座石峰兀立水中,仿佛一柄利剑插入云天。

正当我们惊叹这出神入化的自然风光时,突然一阵悠扬的歌声从不远处响起:"马铃儿响来哟玉鸟儿唱,我跟阿黑哥回家乡。"寻着歌声,我们不由自主地向前赶去,沿石阶而下,曲径通幽,峰回路转,来到一座石洞时,一群游客已经散去,那个唱歌的姑娘也不见了踪影。我们不由得感到遗憾。

为我们导游的彝族姑娘,似乎猜中了我们的心思,莞尔一笑说:"你们别急,在石林,我们所有的姑娘都会唱阿诗玛的歌。"我们邀请姑娘唱一段,姑娘说:"待会儿看到阿诗玛的时候,我会给你们唱的。"

在姑娘的带领下,我们参观了石林的所有景点。莲花峰造型逼真,

风景如画

气势雄伟,仿佛一朵硕大无比的石莲,亭亭玉立在群峰众石之间。凤凰灵仪、孔雀梳翅、象踞食台、双鸟度食这些天然趣成的自然景观,更是惟妙惟肖,栩栩如生,妙趣横生,令人叹为观止。走出石林,我们已有几分倦意,有人嚷嚷着要休息。姑娘冲我们神秘一笑:"你们不是要我找阿诗玛吗? 看,前面就是阿诗玛!"

一听阿诗玛,我们浑身来了劲。绕过一方草坪,又是一处石林。还没走几步,一柱石峰挺立面前,一潭碧水,波光涟涟,倒映着石峰的倩影。石峰硕大高挑,风姿绰约,背后拱一小峰,宛如一位身背背篓的少女,亭亭玉立,楚楚动人。姑娘告诉我们,这就是阿诗玛石峰。相传,很久很久以前,彝族撒尼姑娘阿诗玛,为了反抗富人热布巴拉的逼婚,与哥哥阿黑一起,和热布巴拉进行斗争,历尽千辛万苦,终于逃出虎穴。然而,当她兄妹二人来到石林时,热布巴拉勾结崖神掀起滔滔洪水,将美丽善良的阿诗玛淹死在这里。后来,阿诗玛就变成这尊巨大的石峰。说着说着,姑娘黯然神伤,情不自禁地唱起那首我们久久期待的歌曲:"马铃儿响来哟玉鸟儿唱,我跟阿黑哥回家乡。"

走出石林的时候,大伙儿的心头是沉重的,望着彝族姑娘美丽的笑脸,望着彝族姑娘柔情似水的目光,我们确实有一种依依不舍的感觉。彝族姑娘一边不停地向我们挥手告别,一边放开歌喉唱起来:"路边的花儿正在开,树上的果儿等人摘。塞洛塞洛塞洛里唉个唉,远方的客人请你留下来。"

潇潇春雨洒漓江

桂林山水之美，久负盛名。游桂林，必游漓江。

漓江两岸风光旖旎，犹如一幅绮丽多彩的画卷，人称"百里漓江，百里画廊"。过了桂林之后，漓江曲折回环，江面的景色，变化多端。时而滩浅流急，如万马奔腾，时而清澈平缓，游鱼历历可数，江中积石渚洲，时时可见。两岸奇峰，拔地而起，杂以各色各样的怪石飞瀑，竹木房舍，前遮后拦，争立左右，千姿百态，连绵不断。在水平如镜的江面上，峰峦的倒影，纤毫毕现，使人真幻莫辨，如入仙乡梦境。

都说夜上海、雾重庆、秋北京、雨桂林，是中国城市的四绝。

令人兴奋的是，我们游漓江的时候，恰好遇到潇潇春雨洒漓江这样迷人的景色。

雨一直下着，两岸的山峦、翠竹愈发地清秀、碧绿，一艘艘游船满载着游客游弋在漓江上，雨水飘洒在江面，扑打着船舱，雨水在空濛中显得那么柔性，那么撩人，那么有魅力。

遥望两岸，那雨从天际洒落到石峰上，又从石缝中淌出，形成或大或小的瀑布，条条白练高低错落，长短不一，发出阵阵层次分明、有节奏的轰鸣声。静坐在船舱里，透过船两侧的玻璃窗，呈现在你眼前的，除了那奔腾不息的漓江春水外，最令人叫绝的是那远远近近的层层群峰。

风景如画

迷蒙的春雨笼罩着群峰，烟雾缭绕，如轻纱，似蝉翼，随风飘逸，变幻无穷。

烟雨漓江上，一叶排筏贴近游船，身穿雨衣的船民熟练地甩出一柄铁钩，转眼间，就将游船牢牢钩住，冒着风雨向船上的游客兜售商品，有紫色的水晶般的工艺品，也有用竹木雕刻的小玩具。江水波涛汹涌，售货的船民全然不顾，取货、兜售，行走自如，如履平地，一会儿就将货物卖完了。他们从容地脱去挂钩，离弦箭般地远去，瞬间便无踪影了。

蜿蜒的漓江，奇特的山峰，和着潇潇的春雨，使人想起唐代诗人韩愈赞美这条如诗如画的漓江的诗句："江作青罗带，山如碧玉簪。"

呼伦贝尔，我的天堂

来到内蒙古自治区的呼伦贝尔大草原，只见绿草如茵的大地起起伏伏，清清的水面倒映着白云蓝天，公路通向远方。猝然间，在那绿色的地平线上，出现一片彩旗飘舞，哪里有旗，哪里便有人迹，哪里有人迹，哪里便一定有旗。到了这里，我才深深地感到，内蒙古的县一级行政单位叫"旗"是何等传神，何等诗意。

呼伦贝尔的湖水是明净的，呼伦贝尔的阳光是灿烂的，呼伦贝尔的空气是清新的。这儿没有浓浓的雾气，没有沉沉的阴霾，天上的云都清爽利落，毫不拖泥带水。在阳光的照射下，一片云在天上，整整齐齐地横空穿越，一片阴影便笼罩住草原，整整齐齐地迤地而行。霎时间，眼前一暗；霎时间，又是满目灿烂。一切都是那样清楚明白，一切都是那样痛快淋漓，这就是祖国的边疆，一片真正的绿色净土。

在呼伦贝尔，吹着一股自由的风，一切都是那样的自由，无拘无束，由性由情。广阔的草原上见不到蠕动的牛群和羊群，却满眼都是剽悍的骏马，无鞍无辔，长鬃飘拂，驰骋在绿草地上。呼伦贝尔人的心是自由的。这种自由，无论他是在马背上忘我地驰骋，在摔跤场上自豪地巍然屹立，还是喝得半醉时信马由缰跌跌撞撞地回家，你从他们的眼神中都能看得出来。

呼伦贝尔人十分热爱自己的家乡。腾格尔唱的那首《天堂》,之所以能深刻打动人心,就因为他是情深所至。因为他唱出了呼伦贝尔人的心声:我爱你,我的家,我的天堂。

呼伦贝尔首府,小城海拉尔,不缺时下流行的一切,唯独没有时下的流行音乐。不管在草原上,还是在歌舞厅里,到处听到的都是马头琴的旋律,都是那沧桑悠远的长调。呼伦贝尔人在这儿歌唱草原,歌唱骏马,歌唱蓝天白云,歌唱呼伦贝尔湖;呼伦贝尔人在这儿歌唱爱情,歌唱母亲,歌唱松吉德玛,歌唱小伙子阿尔斯楞的眼睛。

呼伦贝尔,不仅是呼伦贝尔人的天堂,也是一切自由灵魂的天堂。

海上公园马祖列岛

马祖列岛地属福建省连江县,面积仅二十七平方公里。它位于闽江口外,距大陆只有几公里,高登、南竿、北竿、东犬、西犬等大小岛屿,犬牙交错地散布于烟波浩渺的沧海间。岛上林木荫翳,亭楼林立,享有"海上公园"的美誉。

马祖列岛与大陆一衣带水,因褶曲构造运动剧烈,加上长年累月的风浪侵蚀,山阜矗立,峰峦巍峨,奇石峥嵘,礁岸壁立。在未经人工斧凿的瀛洲仙岛上,缥缈云山,碧海长浪,群群海鸥天际飞翔,片片风帆随波追逐,真不愧为"海上公园"。其中最著名的景点要数"燕秀潮音"了,它共有两处:一处在北竿狮岭,一处在南竿仙洞。前者冈阜好像一头踞立的雄狮,登冈远眺,整个台湾海峡的变幻风云尽收眼底;后者仙洞深不可测,巨浪击宕,回响声不绝于耳。

掩映在红花绿树丛中的马祖列岛,亭台楼阁,古色盎然。其中有风景如画的"昆明亭",人定胜天的"崖谷哨亭",古意浓郁的"怀古亭",以及环境清幽的"逸仙楼"。它们不仅建筑古朴美观,而且四周林木浓密,花红似火,草绿如茵。在这狭小的列岛上,遗留下中华民族英雄御外抗敌的历史古迹。如明代剿倭名将戚继光曾派兵驻守于此,建烽火台以报警,监视海面,倭患遂绝。迄今东犬岛上还伫立有一块碑石,记载着戚继光剿倭的事迹。

马祖列岛,如诗似画的"海上公园",目前仍在台湾当局控制之下,然而这人为的篱笆怎能阻挡滚滚向前的历史车轮。骨肉同胞,没有隔得开的情感;炎黄子孙,没有越不过的障碍。当今,海峡两岸的经济、文化等方面的交流越来越密切,和平和发展是海峡两岸人民共同的心愿,我们相信不久的将来,马祖乃至台湾,一定会回到祖国大家庭的怀抱。

绿色仙境天目湖

天目湖素享"江南明珠"、"绿色仙境"的美誉。她位于江苏省溧阳市境内，东临太湖，南连天目山脉，是集太湖碧波万顷之势、西子湖浓妆淡抹之美、千岛湖环拱珠联之局于一身的旅游胜地。

进入天目湖旅游度假区，首先映入眼帘的是湖里山景区。这里三面环水，一面接陆，是一座伸向湖中的半岛。湖里山最著名的建筑当数状元阁了，楼阁高二十二米，共分三层，与普通四方楼堂不同的是它共有二十四角，每层八角，凌空飞翘。登上楼阁眺望，可将天目湖的湖光山色尽收眼底。

天目湖面积达三百多平方公里，由高空俯瞰，犹如丽人的双眸，故名"天目湖"。天目湖以"三绝"闻名于世：水甜、茶香、鱼头鲜。其中的鱼头鲜——砂锅鱼头，不可不尝。这道菜肴是用天目湖的鱼、天目湖的水制作而成，鲜而不腥，肥而不腻，汤汁乳白，原汁原味。

据说当年姜太公吕望完成兴周伐纣的重任后，就退隐山林了，曾经到此垂钓，留下了"太公钓鱼，愿者上钩"的典故。此山的山腰有一块五平方米大小的山石，上面就有姜太公当年垂钓时留下的鞋印、臀印和鱼篓印。

天目湖乡村田园岛，因为在这个岛上放养了一百多只活泼可爱、机敏好动的小猕猴,所以又称猴岛。此岛对面有一圆形小岛叫绣球岛,连接两岛的唯一通道是逍遥桥,走过逍遥桥,可欣赏到世界上最大的紫砂提梁壶。壶高三点五米,内径一点八米,名曰"天下第一壶",是绣球岛的标志性景观。

湖对岸有报恩亭。它始建于南朝梁代天监年间,距今已有一千四百多年。1992 年,将原寺迁至天目湖畔的东陵山上,和它后面的幽香茶园组成了宗教文化区。

这里山清水秀,花香鱼肥,犹如一幅展开的山水画卷,又似一曲优美动听的音乐,隔绝了尘世的喧嚣,荡涤着人们的心灵……

牯牛降密林中探幽

　　早就向往牯牛降那片神秘、浩瀚的原始森林了,可一直未曾谋面,心中有些许期盼,些许怀想。今年仲春时节,终于有机会与友人共赴牯牛降,感觉了一回原始森林的魅力。

　　车至牯牛降景区,我们站在岭上举目四望,见千峰竞秀,峡谷幽深,青山绿丛中杜鹃花盛开,红艳艳的,弥漫满山遍野。沿着山路走过去,我们很快便陷入苍翠的森林之中。林中树木葱茏,溪水潺潺,空气异常清新,树木幽幽地散发着馨香,深吸一口,令人神清气爽,精神倍增。

　　牯牛降东倚黄山,虽不如黄山挺拔,但植被要比黄山茂密得多。这里的松树同属黄山松,有的气势磅礴,有的丰姿绰约,有的蜿蜒曲折,大多生长在人根本无法企及的峰峦绝壁之上。

　　水,赋予牯牛降原始森林更多灵秀、激越和斑斓的色彩。山势险峻处水飞流直下,垂练千尺,声若洪钟;乱石嶙峋处又激越跳宕,浪花飞溅,和声阵阵;低洼开阔处则清流回旋,顾盼流连,悄无声息。它就这么多姿地变幻着,每一处都令人难以割舍。水浅处清澈见底,晶莹澄碧,我们把脸贴在水面,也把心浸在水里……喝上一口清泉,甘甜舒爽,抚慰心神。

　　水造就了牯牛降许多幽深的潭,那潭似一块块碧绿的翡翠,镶嵌在山谷密林中，有名的如仙女潭、黄龙潭、黑龙潭等，更多的则尚未命名。我登临巨石俯视潭水，水绿得那么纯净，又那么深沉，照人肺腑，摄人灵魂。此刻的我真想纵身一跃，潜入潭水中去体验，去感受，让我的身体与浪花碰撞，让我的灵魂与碧水相融。

牯牛降虽然覆盖着密密的原始森林，绝大多数区域都让人望而却步，但还是有条幽僻的小道，早在三百多年前就逐渐形成，自观音堂经大演坑，延伸至大历山，然后蜿蜒到外面的世界去，崎岖坷坎百余里。这条道原是当年的私盐贩子，为躲避官府稽查，不得不另辟蹊径，钻进原始森林里开辟的地下通道，古道上至今留有当年驿站的遗址，还有一处禅院遗址。

厚厚的落叶铺满古道，无人问津，听着导游讲着古道上传奇的故事，对古道的好奇感油然而生，下意识里我们已把自己当成探险者，背着行囊，持着手杖，一步步踏上密林深处的探险之路……

美丽而神秘的喀纳斯湖

　　在北疆旅行,那巍峨的山脉,浩瀚的沙漠,宽广的戈壁,滔滔的江河,神秘的湖泊,参天的树木,美丽的草原,热情的牧民……都给人留下深刻的印象。

　　到了北疆,喀纳斯湖非去不可,这不仅因为她美丽迷人,更重要的是她的神秘莫测。在蒙语中,喀纳斯是指"美丽丰饶、神秘莫测"之意。喀纳斯湖面积达四十五平方公里,从高处看呈长条形弯月状,湖水最深处达一百八十多米,是国内最深的高山淡水湖。

　　喀纳斯湖以"变色湖"著称,湖水时而湛蓝,时而灰白,时而火红,时而深绿。碧波万顷,变幻多姿,令人眼花缭乱,目不暇接。喀纳斯湖变色的原因,至今仍有多种说法。有的专家认为,这是云雾、阳光、两岸山上的植被和湖面水汽相互作用的结果;也有人认为,这是冰川融水将沿途的山石粉末带入湖中,并因季节不同,流量和浓度不等而产生变化的结果。究竟是什么原因,至今还是个谜。

　　沿着喀纳斯湖的中游走,喀纳斯湖的"三道精品湾",会呈现在你的眼前。

　　卧龙湾是一段因喀纳斯河长期冲刷河岸形成的宽阔河湾,风景秀美,令人神往。河湾中心有一座小岛,从高处看,酷似一条翼龙静卧在水中，卧龙湾由此得名。岛上林茂草深，禽鸟成群，迎面朝西望去，便是傲然矗立的波勒巴岱山，山水相依，景色迷人。

月亮湾是喀纳斯湖景区的又一精品。从卧龙湾北上一公里，就可见到风景如诗如画的月亮湾了。月亮湾夹在东西两山之间，河道随山势迂回，恰似一牙初升的弯月。在月亮湾中有两座平坦的小岛，犹如两只巨型鞋印。站在高出河面六十多米的盘山道上，鸟瞰月亮湾，感觉近在咫尺，实则遥不可及，若即若离，美到极致。

神仙湾是喀纳斯河在山涧低缓处形成的一片沼泽浅滩，在阳光照射下，河水流光溢彩，连树上的叶子都闪闪发光，乍看去仿佛无数珍珠撒落在水中。加上这里常有云雾缭绕，如梦如幻，超凡脱俗，如临仙境一般。

登上高出湖面六百多米的观鱼亭，向四周眺望，可将喀纳斯湖的美景尽收眼底。朝北可看到阳光下熠熠闪光的友谊峰冰川；向南可看到喀纳斯河像一条碧绿的彩带，盘绕在崇山峻岭之中；往西可看到遍地绿草如茵、繁花似锦的草原风光；朝东看去，凝望着一泓清澈的湖水，令人心旷神怡。

这里，天格外蓝，云格外白，山格外青，水格外绿，花格外红。在这如诗如画的湖光山色之中，尽情地吮吸着大自然所赐予的清纯之气，沐浴着湖面吹来的带着水汽和花香的微风，整个肺腑都有一种清新的感觉，从而也深切地体味到喀纳斯湖纯净自然的美。

高山平湖,风光胜江南

　　镜泊湖位于黑龙江省东南部,它是约万年前火山喷发流出的岩浆把牡丹江截断而形成的狭长的高山堰塞湖,南北长五十公里,东西最宽处九公里,湖水最深处达六十多米。湖北端的湖水出口处有一石崖,面临深潭,形成飞瀑,即吊水楼瀑布。瀑布落差二十多米,丰水期宽度达四十多米,湖水飞泻而下,冲起一片白浪,声如雷鸣,方圆十公里可听到涛声。这里,就是牡丹江之源。

　　镜泊湖是一个充满诗情画意的湖。湖中有山,山中有湖,山环水绕,沿湖两岸,山清水秀,鸟语花香。水路逶逶迤迤,九曲十八弯,是一个幽静神秘的天然公园。天空蓝得清亮,几朵白云悠闲地浮动着。那山那天那云都将自己的身姿映照到湖水里,于是湖中也呈现一幅同样的山水画。

　　送走了夏的躁动和喧嚣,迎来的是秋的惬意与和谐。北国的秋,温柔、静谧、幽远,而镜泊湖又极尽秋的绚丽与多姿。蓝天丽日之下,沿湖漫山遍野的红叶,像是浮在地面上的彩云,在秋风的吹拂下,树叶摇曳,片片红叶不时地从树梢飘下,纷纷扬扬,星星点点,轻盈而柔情地融入幽深的山谷。秋日的阳光照在飞泻的瀑布上,晶莹剔透的水珠四射,洋洋洒洒地飘散在幽谷深潭之中,碧玉般的湖水因此荡起一圈圈涟漪,波光影动,散发着迷人的风韵。

夜晚,镜泊湖进入了梦乡,水面无波,也没有涛声。远处的灯火照射到湖上,光影垂直地沉到湖底,码头上店铺的霓虹灯,也沉到水底去闪烁了。湖畔依稀有两艘小船,却没有灯火。天上有星,却不明亮。偶尔有一声夜鸟的叫声,从远山传来,很遥远很渺茫。

镜泊湖不仅山美、水美,而且特产富饶,是一块人杰地灵的宝地。湖中盛产湖鲫鱼、红尾鱼、鳌花鱼、小白鱼。镜泊湖水浇灌田地,产出的大米是古代向宫廷进贡的贡米。镜泊湖两岸还有因火山爆发而形成的地下原始森林等"外八景"天然景观。叶剑英元帅曾到过镜泊湖,并留下"高山平湖,风光胜江南"的赞誉。

欣赏山水之美

  大自然的秀丽景色,是画家永远也画不完、诗人永远也写不尽的绝妙题材。欣赏自然美,可以丰富人们的精神生活,培养人们热爱自然、热爱生活、热爱祖国的感情。领略自然美,还可以使人们扩大眼界,增加知识,增长才干,陶冶性情。古往今来,许多卓有成就的文学家、史学家、诗人、画家,几乎都与名山胜水结下不解之缘。

  "桂林山水甲天下",当我们乘坐一只游艇,沿漓江由桂林去阳朔,一路上,山是翠绿欲滴,水是晶莹如镜,让人情不自禁地想起唐代诗人韩愈写过的两句诗:"江作青罗带,山如碧玉簪。"一个"青"字,一个"碧"字,概括了桂林山水的色彩美,表现了桂林山水的柔美和妩媚。两件妇女的饰物,写出了桂林山水的万千风情。当代诗人贺敬之笔下的桂林山水则是:"云中的神啊,云中的仙,神姿仙姿桂林的山!情一样深呵,梦一样美,如情似梦漓江的水。"这四句诗,把游人带入桂林的"仙境"、"梦境",你只需要想起雨中的漓江、雾中的群山,便会出现如此景色:细雨蒙蒙,给青山绿水披上了一层轻纱;晨雾袅袅,就像仙女抖开的水袖,搂抱青山、绿水,充分显示出桂林山水雨雾中的个性——妩媚而柔美。情和梦寓在云水苍茫之中,神和仙影影绰绰出现在雨雾之中,桂林山水显得更加迷人。

人们的旅游活动,大都以名山大川为目标。人们欣赏山水之美,首先接触的是山水的形态。人有人的音容,山有山的形态。就五岳而言:泰山挺拔巍峨,华山雄伟险峻,衡山雄奇秀丽,恒山陡峭连绵,嵩山起伏奇异。而黄山的景色,却兼而有之,所以有"黄山归来不看岳"之说。黄山之美更在于黄山的云。黄山的云,轻盈、美妙、多姿、神奇,有时淹没了雄伟挺秀的群峰,有时又好像托起群峰缓缓移动。当你在黄山举足漫步时,轻纱似的浮云,仿佛化作舟楫,把你送上莲花峰,你再穿云拨雾,顺着"百步云梯"向山下走去,再回眸仰望云绕雾缠的莲花峰,它被迷人的云海笼罩着,给人以扑朔迷离而又神采俊逸之感。黄山的云瞬息万变,同样的山峰,一会儿巍峨险峻,一忽儿妩媚娇丽。置身黄山云海,你会情不自禁地浮想联翩,你会想象出千奇百怪的山峦,有时像执矛持戟的勇士,有时像婆娑起舞的仙女,有时好似奔腾的浪花,有时俨若脱缰的野马……

"上有天堂,下有苏杭",杭州是我国历史上六大古都之一。一提起杭州,人们就一定会联想起西湖。"水光潋滟晴方好,山色空蒙雨亦奇。欲把西湖比西子,淡妆浓抹总相宜。"苏东坡在这首诗中,把西湖比作古代越国的绝代佳人西施,故西湖又获得一个西子湖的雅号。游览西湖,一般来说,春日晴天最佳。春日棹小舟入湖,山色如娥,花色如颊,温风如酒,波纹如绫,才一举头,不觉目醉神醉……要是没有赶上春晴,你可以领略苏东坡《饮湖上初晴雨后》诗中所看到的情景:"黑云翻墨未遮山,白雨跳珠乱入船。卷地风来忽吹散,望湖楼下水如天。"此景与"晴方好"、"雨亦奇"相对比,又是另一番境界。这是湖上轻舟突逢黑云白雨疾风的动态画面,而最后只看到水天一色,仍归于晴,有如彩色电影的一个镜头。西湖景色秀丽,风光明媚,尤其是西湖的荷花,十分引人入胜。唐代白居易极赞西湖"绕廓荷花三十里"的美丽景色,宋代苏东坡特别醉心"荷花夜开风露香"的迷人夜色,宋代杨万里特别欣赏"接天莲叶无穷碧,映日荷花别样红"的画面。

古人说"读万卷书,行万里路",把行路与读书看作是获得知识的重要途径,是颇有见地的,让我们一路行走,一路游览,一路欣赏山水美,一路享受自然美,并从中受到教育、陶冶性情、增长知识吧!

风景如画

齐山翠微亭

安徽省池州市东南郊的齐山,高不过百米,状若伏虎。因其岩石为石灰岩,经长期雨水侵蚀和溶蚀,岩溶地貌发育良好,故山上怪石嶙峋,洞穴深邃,景色奇异,享有江南"名山之胜"的美誉。

齐山之巅有翠微亭,为唐代诗人杜牧任池州刺史时所建。相传,每逢丽日佳节,杜牧常与宾客登齐山,在翠微亭饮酒赋诗。至今留有名篇《九日齐山登高》诗:"江涵秋影雁初飞,与客携壶上翠微。尘世难逢开口笑,菊花须插满头归。但将酩酊酬佳节,不用登临怨落晖。古往今来只如此,牛山何必泪沾衣。"诗中"牛山"典故,出自《列子》:齐景公游牛山(今山东淄博),面对美景,叹人生短促而流泪。杜牧旷达,以为无须为此伤感,杜牧此诗一出,诗人纷纷唱和,齐山及翠微亭随之扬名。

南宋抗金名将岳飞,在戎马倥偬之暇,曾慕名来齐山翠微亭览胜,他放眼祖国南方的山水美景,想到北方尚有大片国土被金兵铁蹄践踏,感到肩上责任重大,于是吟诗《池州翠微亭》一首:"经年尘土满征衣,特特寻芳上翠微。好山好水观未足,马蹄催趁月明归。"以诗抒发自己的满腔豪情。

但是,岳飞没有来得及实现自己的抱负,就于绍兴十一年被卖国贼秦桧以"莫须有"的罪名杀害了。一时爱国大臣和将领义愤填膺,大将韩世忠曾当面责问秦桧:"'莫须有'三字何以服天下?"结果,韩世忠也被解除了兵权,从此,头戴一字巾,足跨小毛驴,寄情于西湖山水之间。

一日,韩世忠登临杭州飞来峰,顾盼之间,忽想起故人岳飞和他的《池州翠微亭》诗,为了寄托自己对故友的怀念,便在飞来峰山腰建了一座翠微亭。这样,池州的翠微亭就重现于杭州,成为人们喜爱的游览场所。

风
景
如
画

周庄的烟雨

　　柔和的春风,带来了绵绵的春雨,像乳汁滋润着大地上的生灵。在雨中,衣裳湿漉漉的,头发眉毛也在不知不觉中润湿了,绕着周庄水乡人家的,都是湖水。前前后后是水,左左右右也是水。周庄依偎在淀山湖、白蚬湖、南湖和澄湖的怀抱里,像从湖水里滋生出的一片荷叶。

　　登上周庄河汊上的乌篷船,船儿款款地沿着人家的窗户底下摇,穿过一个桥洞,又穿过一个桥洞,风景明明暗暗,船儿咿咿呀呀。忽然,船儿打了一个横,竟然驶进了名为"沈厅"的院子。船娘和厅里的熟人打着招呼,沏春茶的声音都听得见,小镇、水乡人、远客,一下子就成了一个温馨的整体,一个很大的家。

　　烟雨中的周庄也有故事,那故事也如周庄烟雨一样,朦胧而又神秘。历史悠久的周庄,藏着说不尽的沧桑。周庄在春秋的文献中有记述,北宋元祐年得名周庄。两千五百多年的陈旧故事,两千五百多年的风风雨雨,可是,在周庄的粉墙上、拱桥上,人们见不到记载周庄沧桑变化的碑刻和文字的痕迹。周庄不把沧桑写在脸上,甚至不挂在心上。风雨就是风雨,周庄就是周庄,无论庙堂之上、朝野之间,怎样的人来人往,云起云散,周庄乡民所创造的温馨、宁静、平和、淡泊、幽雅的意境,却是永恒的。

在周庄,真好。在乌篷船上,真好。一颗浮躁的心,沉稳了,在水中溶掉了。船儿在水上漂着,我在船儿上躺着。我被浸润在周庄的烟雨之中,周庄的烟雨拥抱了我。在朦朦胧胧的周庄烟雨中,我体味着一种平和、幽雅的情境,享受着一份宁静、淡泊的心情。

红日初升的时候

　　清晨，天还没有亮，我就早早地站在那高高的山冈上，遥望着远方，静静地等待着乡村里的那一轮初升的太阳。

　　天渐渐破晓，银灰色的天空镶着几颗残星，大地如同笼罩着一层银灰色的轻纱，显现出朦朦胧胧的美。这时，四周万籁俱寂，似乎所有的一切都静静地等着日出。过了一会，天际、山峦、树梢，都像盖上了一层红色的锦缎，朝霞满天，一切更显得美不胜收，这是日出的前奏曲。

　　慢慢地，太阳冒出了地平线，红红的，像一个蒙有面纱的含羞少女，偷偷地窥视着人间。那一刹那，天空变得更红了。渐渐地，太阳露出了整个笑脸，像一个孩子，充满了无限的生机。此刻，霞光万道，将半个天空染得通红；广阔的大地，也涂上了一层鲜红的油彩；片片翠绿的树叶在微风吹拂下，闪烁着耀眼的光辉；鸟儿披着一身红霞，鸣叫着飞向天空。红日、朝霞、天空、大地、树林、飞鸟，构成了一幅多么美丽的图画啊！

　　太阳离开了地平线，红彤彤的，仿佛是一块光彩夺目的玛瑙盘，缓缓地向上移动。红日的周围，飘浮着轻舒漫卷的云朵，好似身穿红装的少女，正在翩翩起舞。

　　过了一会儿，天空中的红光悄悄退去，太阳闪出万道金光，十分耀眼,天空也变得更蓝,像大海,辽阔而明净。云朵也变得白了,如同魔术师把少女身上的红装变为白装,舞姿显得更加柔和,更加优美。

　　这时,远处的山峦露出了清晰的轮廓,远处的树木,郁郁葱葱,近处的花草,欣欣向荣,整个世界都充满了无限的生机。

秋浓如酒，色艳醉人

金秋十月，丹桂飘香，我有机会去山西吕梁山中观光。一进入山的峰谷之间，就感到秋浓如酒，色艳醉人。这山，原来该是披着一件绿装的吧，而这时，却铺上了一层花毯，那茸茸的灌木，齐齐的乔木，蔚蔚的森林，成堆成簇，如烟如织，一起拼成了一幅五光十色的大图案。

这花毯中最耀眼的就是红色，满山遍野，坡坡洼洼，全都被红色染了个透。你看，那殷红的橡树，火红的枫树、干红的山楂、血红的龙柏，还有那红枣、红辣椒、红金瓜、红柿子等，都珍珠似的闪着红光。最好看的荞麦，从根到梢一色娇红，齐刷刷地立在地里，远远望去，就如山腰里挂下一方红毡。

点缀这红色世界的还有黄色和绿色。山坡上偶有几株大杨树矗立着，像金黄色的大扫帚，把蓝色的天空扫得洁净如镜。那些松柏林，在这一派暖热的色彩中泛着冷绿，更衬出这酽酽的秋色。金风吹过，那红波绿浪便翻山越谷地向天边滚去。登高望远，只见紫烟弥漫，红光蒙蒙，绿浪起伏，好一个热烈、浓艳的世界。

其实，这满山遍野在春之初本也是鹅黄翠绿，是一色的新绿。以后栉风沐雨，承受太阳的光热，吮吸大地的养分，就由浅变深，如黛如墨；再渐黄而红，如火如丹。这其中浓缩了造物者多少的心血。

四时不同,爱者各异,人们大都是用自己的心情去体味那无言的自然。所以春花灼灼,难免有林黛玉葬花之悲;秋色似火,亦有欧阳修夜读之凉。倘若人们顺着自然之理去体味,可能就会是另外一种感慨。芳草萋萋,杨柳依依,春景给人的是勃发的情感,是幻想,是憧憬,是出航时的眺望;天高云淡,万山红遍,秋色给人的是深深的思索,是收获,是胜利,是到达彼岸后的欢乐。

　　我站在秋的山巅,遥望那远处春天曾走过的小路,环顾那山野里五彩斑斓的秋色,不禁想到,一个人只要献身于一种事业,一步一步有所前进,他的感情就应该和大自然一样充实,他在人生的道路上就会迎来一个硕果累累的金秋。

风景如画

春天里去踏青

踏青,这个民间习俗自古有之,在有的地方还被定为节日。杜甫绝句中就有"江边踏青罢,回首见旌旗"的诗句,说明早在唐代,踏青就已盛行。

由于我国各地春天到来的时间有先有后,所以踏青时节也各有不同。南方地区,常把农历二月初二定为踏青节;长江中下游地区,则推迟到清明节踏青;北方地区,往往到端阳节时才举行踏青活动。

在江南地区,清明时节常常春雨潇潇。在这样的天气里,外出踏青,也别有一番风味。唐代诗人杜牧在《清明》诗中,就生动而别致地描写了春雨中踏青的情景和雅趣:"清明时节雨纷纷,路上行人欲断魂。借问酒家何处有? 牧童遥指杏花村。"

农历三月初三日,是古代帝王祭天的日子,在江浙民间则是妇女回娘家的日子,而在陕西却是踏青野餐的节日。"寻春直须三月三",这一天,龙华道上游人如织:"三月三,上龙华,探春色,看桃花。"

唐代诗人崔护,清明外出郊游踏青,步入一座村庄,因口渴便轻轻推开一扇柴门,向主人讨碗水喝。一位姑娘端来一碗水给他解渴,然后斜靠在一棵开满桃花的树下,微笑地呆望,楚楚动人。第二年清明,崔护又往郊外踏青,再次寻那姑娘的住处,只见院里桃花盛开,那姑娘却不见踪影了。崔护若有所失,便在大门上题诗:"去年今日此门中,人面桃花相映红。人面不知何处去,桃花依旧笑春风。"

　　古代踏青时,还进行野炊、拔河、采百草、扑蝴蝶、放风筝、荡秋千等等文娱体育活动。王禹偁的《寒食》诗中写道:"今年寒食在高山,山里风光亦可怜。稚子就拈花蝴蝶,人家依树系秋千。"

　　踏青,是一项有意义的文体娱乐活动,既可观光山水,游览名胜,饱尝春色,又可强身健体,陶冶性情,延年益寿。趁着春光明媚的时候,去踏青吧!

一夜大雪封千里

如果说喜怒哀乐是生活的调料,那四季变化便是大千世界的点缀。在春、夏、秋、冬四季中,我更喜欢冬季,因为冬季有雪。

隆冬时候,大雪飘飘荡荡,纷纷扬扬,像烟一样轻,像玉一样润,像银一样白,从灰蒙蒙的天空飘落下来。城市、乡村、田野、山川……全都被雪覆盖了,大地洁白无瑕,好像穿起了一件雪白的长袍。好一个银装素裹啊!没有春、夏、秋那样多姿多彩的颜色,它是白色的,无瑕的白色,晶莹的白色,美丽的白色。

一夜大雪封千里,大地一片白茫茫。早晨,小朋友们看到白色的大地,高兴极了。他们在雪地上跳来跳去,滚来滚去,还互相打起了雪仗,追逐着,嬉笑着,喊叫着,真是无比快乐。他们并没有破坏雪景,反而这一道道破坏的痕迹,把雪的庄严、洁白、神圣点缀成一个个快乐的音符。一道道痕迹成了五线谱,一个个音符成了一首独特的颂歌。

为了方便人们行走和车辆行驶,警察、清洁工以及众多的义工,不怕寒冷,不辞劳苦,在人们早晨上班之前,就把道路上的雪铲到路边堆起来,一堆堆白雪连绵不断,好似一条长长的白龙。

一棵棵一身傲骨的梅花,一株株挺挺而立的松树,都落满了雪,显示了植物的一种精神。林荫道两侧的树变成了一棵棵"雪树"。走在当中,细雪落下来,飘落在头上、背上。

慢慢地,开春了,大地上厚厚的雪还没有融化掉,依然是白茫茫一片,好像春天还没有到。其实,你没觉察,雪正在悄然融化,变成麦苗和其他植物的肥料。

我留恋着雪,因为如果雪化了,梅花将会凋零,松树也不复冬日风光。雪是它们的衬托,有雪方显出他们的英雄本色。唐代卢梅坡有诗云:"有梅无雪不精神,有雪无诗俗了人。"田野中的雪,即使落在土地里,被土弄脏,不再圣洁,也会滋养那一块肥沃的田地。

雪渐渐化了,露出一块块土地。小草发芽了,柳条抽丝了,桃花开放了,小鸟回来了,春天到了。雪变成了回忆。

陶醉于桃花丛里

暮春三月，草长莺飞，傍晚时分，晚霞染红了西边天空，一阵暖风扑面吹来，送来了浓浓的春的气息。

我漫不经心地沿着河边走，不觉来到一片桃树林，枝头桃花灼灼，绿叶蓁蓁，夭夭桃林，繁花似锦。我坐在桃花底下，静静地发呆，一个人发呆。春风徐来，香气四溢，人面桃花，相映红，笑春风。古诗云："春日春风有时好，春日春风有时恶，不得春风花不开，花开又被风吹落。"是啊，一场轰轰烈烈的花季，万紫千红，不过是灿烂一个季节，转瞬便是花谢花落花满天，红消香断有谁怜。此刻，我想起林妹妹来了。

黛玉葬花，真是红楼梦里最凄美的一个片段了，陈晓旭演的黛玉，不过是担着一把花锄站在花丛中，便让我流出眼泪。唯有她才可以把一场花开花落演得如此悲戚啊！"侬今葬花人笑痴，他年葬侬知是谁？试看春残花渐落，便是红颜老死时。一朝春尽红颜老，花落人亡两不知！"

我一朵朵地捡起落在地上的桃花，放在掌心，轻轻地哼起了《葬花吟》："愿奴肋下生双翼，随花飞到天尽头。天尽头，何处有香丘？未若锦囊收艳骨，一抔净土掩风流……"

此处、此花、此情、此景，让人的整颗心都感到冰凉冰凉的。太美好的东西总是转瞬即逝啊！今日这片桃花灼灼芳华，明日又将归向何处？

抬眼向远方看去，天色渐渐暗了下来，那花前月下，树叶婆娑，小桥流水处，我依稀看到黛玉的泪光，宝玉的痴狂，一切的一切，都混在微微的春风里。看路灯点点亮了起来，恍惚中我仿佛还在那满纸的荒唐中，在那辛酸的泪珠里，在那红楼一梦间，愁绪荡气回肠。

唐寅写过一首《桃花庵歌》："桃花坞里桃花庵，桃花庵里桃花仙；桃花仙人种桃树，又摘桃花换酒钱。"多么令人神往的生活！但愿老死花酒间，不愿鞠躬车马前。与花相伴相依，自古便是人们心头一个未完的梦啊！

坐在花树下，我沉思着，我不要林妹妹的《葬花吟》，也不要唐寅潇洒地老死花酒间，我只要在这灼灼芳华的桃林里，静静地坐在花树下，静静地看，静静地想，或者漫步在花树间，慢慢地走，慢慢地欣赏。让自己陶醉于花丛里，陶醉于花香中，陶醉于春风里，陶醉于春光中！

留恋美丽的秋色

这是个遍地流金的季节。远处的山峦,层林尽染,满山遍野,铺陈着各种各样色彩,大自然像一幅美丽的风景画。在傍晚的暮霭中,走在落叶飘飞的林间小道上,看夕阳把西边的天空染得通红,与身边火红的枫叶交相辉映,感到整个身心都像是被染红了似的。从地上捡起一片枫叶,探寻着它的生命轨迹,它被秋雨洗去最后一丝绿意,由黄变橙,由橙变红,经历了色彩斑斓,达到了如火如荼,最后从树枝上飘落了,潇潇洒洒地和秋风共舞,无怨无悔地"化作春泥更护花"。

这是个阳光灿烂的季节。我很愿意陶醉在秋阳中,"酒不醉人人自醉",我看还是改成"秋不醉人人自醉"好。秋阳没有春阳的靓丽、温婉,可却有它独特的气质、温情;它没有夏阳火炉般的激情、火热,可它却有丰收时的热情、厚重;它亦没有冬日银装素裹、千里冰封的纯洁,可它却有金色波光粼粼的单纯、可爱。秋阳下,温暖在人们脸上,幸福在人们心里,秋天让人们感觉到很欣慰,很温馨。

这是个瓜果飘香的季节。庭院里、道路旁都弥漫着秋天果实的香味,红的苹果、黄的香蕉、绿的酥梨、紫的葡萄……还有西红柿、黄瓜、南瓜、红薯,等等,香甜可口,让人们吃了以后口留余香。

这是个秋高气爽的季节。几阵秋风吹过,天蓝起来,云白起来。没有了春天的多变、夏天的低沉和冬天的阴冷。这个时候,最适宜仰望天空,看蓝天白云,忆悠悠岁月,亲情、友情、爱情,云朵般在脑海里心田上渐次飘过。能够静看云卷云舒的人,其心境大抵如沉静的秋日,其胸襟大抵像寥廓的天空,对得失成败即使不能淡定从容,至少也不会耿耿于怀了。秋高了,气才会爽,气爽了,岁月的云朵才会从心的角落里飘逸出来。

留恋秋风,留恋秋日,留恋秋色!

风
景
如
画

春雨淅淅沥沥

　　清风起,云雾生,细雨落,麦苗青。春雨这样从天而降,淅淅沥沥,延绵不断。雨点小而轻盈,像是从高空跳着舞步,婉转降落的仙子,她们不沾染尘世的污秽,只沉浸在那滴滴答答的乐曲声中。她们是自由的小天使,划出一道道使人留恋的雨线,洒下一串串使人心醉的甘露,留住一片片清新的朦胧的净土。

　　站在河边,不用撑伞,任凭春雨打湿你的头,打湿你的脸,打湿你的衣裳。抬眼望去,水气氤氲,雾气蒙蒙,远处那高高低低的树木,那鳞次栉比的高楼,都笼罩在云雾之中,笼罩在烟雨之中,把整个城市笼罩成一幅美丽的水墨画。此景此情不禁让我想起了唐代杜牧的《江南春》:"千里莺啼绿映红,水村山郭酒旗风。南朝四百八十寺,多少楼台烟雨中。"诗中描写了江南明媚的春光,以及烟雨迷茫中的寺院楼台。时过境迁,这烟雨的清新、洁净、幽雅、迷茫、朦胧,仿佛重新回到眼前,但不同的是此时正值早春时节,仍然春寒料峭,怎么也看不见莺歌燕舞、百花竞放的景象了。但这又何妨呢? 有春雨的滋润,生机勃勃春意盎然的明媚春光还会远吗?

　　我的老家在农村,随着轻舞的雨丝,我的思绪又飞向老家的那片乡村田野。乡野的春雨比油还金贵。每到春雨落下的时候,农民都要去田里看看麦苗的长势。他们来不及戴上斗笠,就向田里奔去。雨透了衣,泥裹了鞋,全然不顾,直到冲进那叶挑雨珠的麦田,脚步才缓了下来。俯身,蹲下,仔细查看,眼前的麦苗便成了一张婴儿的脸。在风雨中摇摆的叶片,像是婴儿挥舞的手臂。若把耳朵贴向土地,似乎能听到麦苗吮吸雨水的声音。抬头望去,霏霏细雨,给田间地头返青的麦苗,着上了一层嫩绿,一望无边。真是"好雨知时节,当春乃发生"啊!

当白日的水墨烟雨画消失之后,夜幕降临了,绵绵春雨还是下个不停。卧在床上,听着窗外雨打窗棂的声响,乒乒乓乓,滴滴答答,犹如一首有节奏的夜曲,奏响在万籁俱寂的夜里。在这低诉的夜曲中,会有多少生命被唤醒,又有多少生命枕曲睡去呢? 我已无暇去想,因为我也入梦了。春眠不觉晓,处处闻啼鸟,夜来风雨声,花落知多少……

荷叶如舞女的裙

　　记得孩童时代,村庄周围散布着大小不同的荷塘,当暴雨袭来时,我常常摘一个硕大的荷叶,顶在头上遮雨,站在荷塘边,看着雨水落在荷叶上,先是一个小水珠,接着形成一个小水球,再结成一个扁平的小水块,晶莹透亮,随着风摆荷叶而摇晃滚动;风稍大时,一塘荷叶顺风倾斜,水珠、水球、水块依次倒出,于是传来了一片清脆的哗啦声,似乎是乐师不经意地拨动了一下琴弦,又无心弹奏,琴音响了一阵骤然而止。

　　那时的夏日炎热难熬,没有电扇,更没有听说过空调,只是摇摇芭蕉扇,或是找个风口,再或是躲在树荫下消暑。一天中午,天气实在太热,我们几个小伙伴相约来到荷塘边,都扑通扑通跳进水里,凉冰冰的水把我们热腾腾的身体凉了下来,个个乐得哈哈大笑。荷塘给我们带来欢乐,荷叶给我们带来童趣。

　　人们喜爱花,春兰秋菊,夏荷冬梅,当花儿盛开时,人们总要欣赏一番,文人们总要描绘一番,诗人们总要吟咏一番,画家们总要再现一番,而荷叶很少被人关注。写意画家为了表现荷花,不得不配上荷叶,也只是饱蘸浓墨,粗犷地涂个轮廓,再稍加修整即可。工笔画的荷叶虽栩栩如生,但荷叶并不是画家着意表现的主题。画荷花就不同了,画家们会全神贯注,那调色的耐心、笔线的细腻,都达到了极致。周敦颐的《爱莲说》赞赏荷花出污泥而不染,濯清涟而不妖,但他却忽视了荷叶与荷花同根、同流,一样具有居浊不污的品格。

人们之所以喜爱荷花,大概是因为荷花艳丽的缘故吧。荷叶没有荷花的浓妆,更没有荷花的妖艳,因而很少有人问津。只有朱自清对荷叶瞥了一眼,在他的《荷塘月色》中,把荷叶比喻为舞女的裙。"此荷此叶常相映",这是李商隐的诗句,倒是独具慧眼,说出了荷叶与荷花彼此相依衬托的关系。

我觉得荷叶可爱、可敬。荷叶朴实无华,雍容宽厚,呵护荷花,却不与荷花争艳。荷叶把幼嫩的荷花拥抱在怀里,保护它健康成长;把成熟的荷花高举头上,扶助它出尽风头。没有荷叶,荷花失色;没有荷叶,荷花无神;没有荷叶,荷花孤独;没有荷叶,荷花乏韵;没有荷叶的高洁,也就没有荷花的风姿。

金色的秋天

　　雪白的隆冬,嫩绿的新春,火红的盛夏……沿着美的足迹,我的心又融进了金色的秋天。

　　秋季的天使,穿着薄如蝉翼的秋雾凉衫,来到了大自然。她将金黄的颜色,一往情深地洒在大地之上。当雾退云消的时候,初升的朝阳惊奇地发现:原来碧绿的大地,现在竟然变成一片金黄。

　　原野被染熟了。坦荡如砥的稻田,一层层金色的波浪,涌向无尽的天边。

　　果园被染透了。黄澄澄的柿子,红彤彤的苹果,紫晶晶的葡萄,金灿灿的鸭梨,水果的芬芳在空气中流淌。

　　天空蓦地高远了。朝阳不再是鲜红的,它的光线是耀目的金色,万物无一例外地映出金黄的色彩。秋夜,黑天鹅绒似的夜幕上,十五的月亮犹如一只盛满黄金的玉盘。那熠熠发光的小星星,大概是从那圆盘中撒落的点点碎金。

　　金秋,最引人注目的,还是那满眼的叶子。千万片叶子,载满了冬的孕育,春的萌发,夏的茁壮,凭着强烈的追求,借助于秋的爆发,达到了生命的沸点。好一片成熟的金黄,有的深,有的浅,有的偏绿,有的透红。它们曾以不同的姿态迎接阳光,而今又以不同层次的金黄染遍了大地。我不信这般丰收成熟之后便是死亡,因为那金色的叶融于土地,金色的秋,便又孕育在春的蓝图之中了。

秋天的美是成熟的。它不像春那么羞涩,夏那么袒露,冬那么含蓄。

秋,收获的季节,金黄的季节,同春一样可爱,同夏一样热情,同冬一样迷人。

常言道"春华秋实",万物始于春,而成于秋。秋天,洋溢着丰收的喜悦,孕育了成功的希望。啊,秋天是最美丽的。

待到重阳日,还来就菊花

炎夏过去,秋风送爽,暑气顿消。人们登高望远,看明月消长和满川红叶,到处黄花,自然感到说不出的愉快。在这大好的秋光中有两个重要的节日,一个是中秋节,另一个是重阳节。

每年农历九月初九是重阳节。据古代的说法,九是阳数,九月初九,是阳数相重,所以得名"重阳"。又因月、日都占九字,故又称"重九"。

自古以来,我国人民就十分重视这个节令。每年重阳一到,无论官民,全都成群结伙地挎着盛茱萸的袋子,帽檐上插着菊花,登高眺望,观赏秋色。唐代诗人孟浩然所谓"待到重阳日,还来就菊花",金代诗人元好问所谓"人生难得开口笑,菊花须插满头归",都是表达这个意思。

在重阳登高宴饮的时候,人们要饮菊花酒,吃重阳糕。在内蒙古和西北一些地区,正是秋高气爽、牛羊肥壮的时候,人们则以吃羊肉为美事。在江南,重阳时节螃蟹体胖肉肥,所以喝菊花酒吃螃蟹,便成为江南重阳的习俗。

每当重阳节来到,文人墨客更是豪兴大发,以重阳为题吟诗作赋。其中最著名的要推唐代诗人王维的《九月九日忆山东兄弟》一诗:"独在异乡为异客,每逢佳节倍思亲。遥知兄弟登高处,遍插茱萸少一人。"此外,杜甫的"重阳独酌杯中酒,抱病起登江上台"、"明年此会知谁健?酒把茱萸仔细看",宋代韩元吉的"细把茱萸看,一醉且徘徊"等诗句,也颇为人们所称道。

重阳节登高,既可观赏秋色,陶冶性情,调剂生活,又有益于身心健康,使我们的心灵在自然美的熏陶下,变得更加纯洁,更加美好。

风景如画

公园秋色

　　河边垂柳和风爽，满园秋色人舒畅。一阵秋风轻拂起，送来醉人桂花香。

　　清晨，当一缕阳光升起的时候，滨河公园已经沉浸在喧闹之中了。河边的林荫大道上，都是男男女女，伸手踢脚，弯腰曲背，忙得不亦乐乎。还有人迈着矫健的步伐，正在安逸地散步。树林环绕的小广场上，太极拳手舒展的动作，刚柔相间；自发组成的巾帼木兰拳团队，整齐的队伍发出了噼啪的开扇声；萨克斯悠扬的乐曲声，环绕了假山，在河面荡漾，声声入耳。在假山旁边，喜爱京剧的京胡手，拉起了"西皮调"，还有人乘着京胡大调吊嗓练声。秋风习习，晨练如火如荼，园内气氛祥和，不觉让人心旷神怡。

　　路边的美人蕉，还在稀稀落落开放，凋零的花朵展现了最后的美丽，快要枯萎的叶子正在酝酿明年的勃发。倒是剑麻的一串串白花，给秋色留下皎洁，点缀了公园的美丽。

　　微微的一缕缕秋风吹来，风中夹带着阵阵的花香，香得醉人，香得令人昏昏欲睡，香得使人如入仙境。我的目光在园林中扫描，寻找香源，当我的目光聚焦在假山后面时，恍然发觉花香来自一片桂树，在青叶的遮掩下花团锦簇，远远望去，花簇与青叶平分秋色。桂花虽然没有大张旗鼓地与其他鲜花媲美,却以自己的花香把人们的嗅觉吸引,从而让更多的目光,在它的小花上流连。

人们目睹花朵的绽放和凋零,不管花朵的命运如何,大自然都给了人们美的享受。生生息息的自然界的循环,带来的不是悲哀,而是希望和幸福。

风景如画

春雨潇潇

三月的雨,是春日的缠绵。

雨像绢丝一般,又轻又细,听不见淅淅的响声,也感不到雨浇的淋漓。只觉得好像这是一种湿漉漉的烟雾,无声地、轻柔地滋润着大地和每个人的心。

新拔节的翠竹,被碎雨星罩着,绿蒙蒙的,望不到边际;一片桃林,粉红的桃花,笼在烟雨里,映出一层水润润的红雾。河边杨柳在雨雾中随风卖弄着自己轻盈的舞姿,每一根枝条都生出了一串串嫩黄嫩黄的芽儿。

催生的雨,具有魔术师的神力呢! 一夜之间,菜地里便蓬蓬勃勃,热闹起来。去冬的白菜,全部疯疯癫癫、嫩嫩生生抽出一茬茬菜心,烟雨朦胧中,碧绿青翠,微微颤抖在春天的风里。

春,不需要茫然踯躅。只要你用爱的阳光照亮春的心扉,心灵的空白便会绽出新绿;只要你扇动激情的翅膀,展现出对春的恋情,那么你就孕育了春,孕育了一切。

绵绵的秋雨

又是秋意缠绵的日子,凄清的秋风轻轻地吹落了枝头的黄叶,和着那绵绵的秋雨,点点滴滴,如痴如醉,丝丝缕缕,轻柔脉脉。然而,这么美的秋缘何会有泪? 我不禁抬头问那秋雨,秋雨悲泣着:"我错过了春的多彩、夏的热烈,剩下的只有凄凉的秋、无情的冬。"

多想告诉秋雨:冬天过后又会是春! 但抬眼看那飘零的黄叶,我不禁意识到,冬天过后固然又会是春,但"年年岁岁花相似,岁岁年年人不同"。秋雨错过了今年的春,或许它还能在来年追寻它曾失落的春之梦,但是人生易老,错过了今天,就无法寻找第二次青春。

望着秋雨,我静思着,反省着,自己是否也曾虚度光阴,是否也曾"待得花谢空折枝"。与其到了秋意缠绵时,来追悔逝去的一切,何不在春光明媚时,好好地把握? 就让我们在春日里播种汗水,在秋季里收获欢笑吧! 到那时,秋必将变得多彩多姿。

我也要轻声告诉秋雨,既然已错过了多彩的春、热烈的夏,那就别再一味地给秋抹上凄冷,重新振作精神吧!

秋雨笑了,它抹去了秋的悲伤,留下了秋的清新和丰硕。秋雨过后的天,湛蓝湛蓝的,充满了希望……

风景如画